鲍尔吉·原野 散文精选（青少版）

向四季躬身致谢

鲍尔吉·原野 著

時代文藝出版社

图书在版编目（CIP）数据

向四季躬身致谢 / 鲍尔吉·原野著.—长春：时代文艺出版社，2021.1
（鲍尔吉·原野散文精选：青少版）

ISBN 978-7-5387-6541-0

Ⅰ.①向… Ⅱ.①鲍… Ⅲ.①散文集－中国－当代 Ⅳ.①I267

中国版本图书馆CIP数据核字（2020）第233307号

出 品 人　陈　琛
产品总监　邓淑杰
责任编辑　曾艳纯
装帧设计　紫图装帧
排版制作　隋淑凤

向四季躬身致谢

鲍尔吉·原野 著

出版发行 / 时代文艺出版社
地址 / 长春市福祉大路5788号　龙腾国际大厦A座15层　邮编 / 130118
总编办 / 0431-81629751　发行部 / 0431-81629755　北京开发部 / 010-63108163
官方微博 / weibo.com / tlapress　天猫旗舰店 / sdwycbsgf.tmall.com
印刷 / 三河市天润建兴印务有限公司
开本 / 710mm × 1000mm　1 / 16　字数 / 134千字　印张 / 12.5
版次 / 2021年1月第1版　印次 / 2021年1月第1次印刷　定价 / 38.00元

图书如有印装错误　请寄回印厂调换

序　言
吹我的风已经渡过了黄河

今早跑步，我看到北陵公园的湖水上有一圈波纹儿，风吹到了水上。哪有风？我没有感觉到风。走进树林，看树叶微微晃动，这时候我才感到风吹在脸上。就是说，我把心里关于风的开关打开后，皮肤才感觉到微风拂过。

以这件事为例，人这一生不知错过了多少与大自然接触的机会。你忽略了大自然。大自然对你来说根本不存在。大自然没从你心头走过的话，这一生都令人遗憾。大自然不光有四季，以及天空、大地和植物。对人来说，它有教益，有力量。我甚至喜欢用一个病句来表达我的感受——大自然里面有人生。

我常常在大自然里面流连忘返，我不知道我看到了什么，但一直在看。树林里前后左右的树，都是你的观察对象，还有地上的枯叶以及昆虫。眼前的风景似乎是静止的景象，实际它每一秒钟和上一秒钟都不一样，实时更新。在桥上，我喜欢看流水钻进桥洞。我想记住这些水，但它们没有面孔五官，不好记。然后我到桥另一侧的栏杆旁，看水匆匆流出来，像羊群从羊圈跑向四方。水流是拥挤的，也是汹涌的。它是急切的，还是大度的。当然你可以想到水里的鱼。河床下面有石子和苔藓。我觉得这都是秘密。这很神奇，只有我才知道。

今年我看了一部日本电影《有熊谷守一在的地方》，记录一位九十多岁的日本画家熊谷守一在居所里的生活。他的房子周围有树、水塘、青草，当然也有小鸟昆虫。他每天都在凝视大自然的这些作品——树，水塘，青草，小鸟和昆虫。有时候，他在摊开的手心摆放两个石子看上几个小时。在看这部电影之前，我不敢对别人说我也是凝视大自然的人，我怕别人把我当成傻了。功利主义浓厚的社会文化蔑视那些不劳动的人。但是，既然熊谷守一可以如此，我们一动不动地看一个地方也没什么不可以。有时候，我看漓江园窗前的皂角树的枝叶在风中起舞。一阵风吹过，树枝摆动的样子各不相同。就像一个跳舞的人的上肢和下肢在做不同的动作。而风穿过这些枝叶是愉快的。这些枝叶挡住了风的去路，但风毫不犹豫地穿过去，把树留在了后面。风永远是一个胜利者。前面说过的吹起北陵公园湖面波纹的风，后来去了哪里？风停不住脚步，它一直往前跑，往西——众所周知，风喜欢拐弯儿——然后再往东。我觉得这些风，现在已经吹到了河北省，它们正吹麦子。也有可能渡过了更远处的黄河。吹过我的风又去吹树叶，吹昆虫，吹小鸟，想到这些我觉得很愉快。有时候我会遇到一只甲虫的鲜艳的尸骸，不知道它因为什么死了。昆虫也许连心脏都没有，怎么会死呢？我用纸巾把尸骸包起来，过一会儿或者过几天再拿出来看一看。看它的鲜艳的外壳以及风干了的手足。它仿佛在说一件事，但我们永远不知道这是一件什么事。

我喜欢在大地上走，说得更具体是在荒野里行走。沈阳北边有好多荒凉的土地。开发商把耕地买过来，还没来得及盖楼。这些土地按着大自然的样子尽情地疯长各种各样的植物，植物的种子是被风吹过来的。几场雨水之后，草木变得十分茂盛。没人在这样的地方行走，路面不平坦，走上去一定跌跌撞撞。在这样的地方走久了你走路的姿势会变得像一个猎人或者牧民，迈大步用力走。荒地里有许多东西吸引我。比如一个巨大的树桩，里面的木头已经腐烂了，蚂蚁把这里改造成四通八达的宫殿。我还在荒地里看过一只鸟左边的翅膀，太奇怪了，不是一根鸟的羽毛，而是一只翅膀。它怎么会流落到这里呢？在荒地行走，好多小鸟飞到你前面，好像去报信儿。我坐下来休息，看到离我一尺远的地方，一个黄色的东西动起来，像香瓜。它往前爬，而且回头看了我一眼。这是松鼠，皮毛黄色，脊梁上有一条黑线。最好笑的是它看我的那个眼神，很迟钝，像对我不满意，打扰到它了。这多有意思啊。这时候我享受到了昆虫松鼠才能享受到的幸福。

童年，我跟家属院的小孩儿一起玩的时候每每显出无能。他们能在墙头上走，还能在墙头跑。我完全不能。别的事情，比如说制作冰车、制作弹弓火药枪，我也不行。我从小就具备一无所长的特长。现在回忆童年，好像我一直是个静默的观察者，却没有技术。那时好多人说我是废物，开始不是很爱听这个评价，现在恍然大悟，废物多好啊，废物就像草原突兀长着的一棵榆树，它不成什么材，方圆几公里只有这棵树，沐浴着阳光和雨水，幸福。

我们都是大自然的子孙，在上天面前我们都是废物。我站在荒野里，想象我的视角从高空往下看，像无人机拍摄那样，到很高的高处俯瞰站在荒野里的我，不过是大自然里边的一粒沙子，如此而已。我们看到大自然的美，听到风声，这就足够了。不断地在生活中追索意义，自我加压，榨干自己的血汗，是一件很要命的事情。我们的生活里，除了金钱有意义晋阶有意义外，美也有意义，美的意义就是美，如同我们在大自然当中所看到的那样。

我们喜欢用安静这个词来形容大自然。比如你走在树林里，觉得周围很安静，如果你真正进入大自然成为它的一员，会觉得这里面很热闹。蚂蚁和螳螂在地面上忙忙碌碌，小鸟正站在树杈一个隐蔽的地方，用滴溜溜的眼睛盯着你。风从这里走过，每一片叶子都做出回应。太阳光照在树叶上产生不同的反光。前面说到九十多岁的画家熊谷守一，从早晨开始就趴在庭院的水塘边或坐在小椅子上看鱼或草木。他穿的和服后面系一块动物皮毛的屁股垫子。他看螳螂，看小鸟，看水中晃来晃去的光的影子，就这样度过一天，用他那双九十多岁人的亮晶晶的眼睛看着一切。吃完晚饭，他夫人会提醒他说，你该画画了。熊谷守一有些委屈和不满地说：你们这些不画画的人真幸福。这句话也是很有意思的。我自己也想过那些不写作的人多幸福啊。在火车站扛麻包的力工肯定也想不扛麻包的人多么幸福。我曾经见过一个每天都要陪别人吃饭喝酒的人说不喝酒的人多幸福。人总是这山望着那山高。但熊谷守一的话里还有话。他观察大自然并用绘画这种样式记录大自然，他会觉得根本画不出来它的美，观察幸福，画不幸福。就像用文学的方法记录大自然的美也仅仅记录了一点点而已。传达大自然是多么困难的一件事情。

如果非要在大自然当中找到一种所谓意义，其实这里面有非常大的意义。人从类人猿进化成人之后，估计还没有走到终点，也许还走在半路上，他脱离不了大自然。大自然对人的意义不仅是气候与环境，它还是人的导师。人从大自然中所学到的东西一点不比所谓知识提供的要素少。熊谷守一每天忙于安静地观察树叶、昆虫和石子儿，眼睛亮晶晶的。他不会去翻阅智能手机也不看电视节目。他好像也不怎么读书，读书对一个九十多岁的人也有一些困难。你说他脱离时代了吗？他走在时代的前面。你说他内心荒芜了吗？他的内心非常丰盈。我以为我很理解他的幸福。

《流水似的走马》《仰望一棵沉思的树》《向四季躬身致谢》这几本书是从我的文集中重选的一个精粹选集。“精粹”这两个字并非说我写得好，是指编选者把我书写大自然的一些好的篇章集中到这里，既是对大自然的记录，也是对大自然的赞美。人度过这一生，如果没有机会对大自然说一说感恩的话，这个人注定是白活了。我觉得写作这件事情，勤学苦练没有什么太大的作用。写作的核心在于天赋，“天赋”在这里的含义是指老天爷把这样东西赋予你了，让你的手上长了一种本领，即写作的本领。一个人有了这个本领之后，最值得写的就是大自然。大自然的美时时刻刻在我们身边发生，只是穿着四季的外衣或者河流和云彩的外衣，那里是生命能量的原点，也是艺术的源头，是只有少数人才能到达的地方。

目录

Part 1 春天 · 素描篇

Part 2 夏天·水墨篇

Part 3 秋天·写意篇

Part 4 冬天 · 简笔篇

Part 5 四季 · 吟咏篇

PART 1 春天·素描篇

春天于此日分开大地和天空，
让绿的绿、蓝的蓝。
分开河水与岸，
让静的静、动的动。
冰雪彻底消融，
春天分开了绿叶与花朵。

▶

立　　春

在赤峰，看不出立春是怎么立的，物候还在冬天的范畴里。登南山却不同，杨树的枝条透出玉石般的青白，枝条仿佛直了。枝条怎么能直了呢？一、是不是枝条水分多了？地还没化，水分何来？二、枝条里钻进了一种神秘的东西，人称它为春。树管它叫什么呢？这是一种动的，可以叫作阳气的、膨胀的气氛吗？枝条里进驻气氛了，好像连语法都说不通，姑且这么说吧。杨树的枝条根根拔向天空，委实与冬日不一样。像一个没糊红纸的巨大的灯笼的竹骨。风如老鼠一般从地皮划过草丛倒伏于地，沟里的草还保留着去年秋天被雨冲刷过的纹理。枯草在立春之日看上去接近时尚的色调，如同小米一样温和的黄，这是高级衣装的色调。松树荫庇下面的枯草里藏着雪。没化干净的雪有鸡蛋大，它的白与草的黄构成另一种时尚的格调，如同女士风衣与手袋的搭配。

风吹过松树，松针把风分成万缕。风被松针梳过后变成了粉丝，发出低沉的“呜”。冬天听不到这样和畅的风声。风在冬天尖利，吹在高天。立春这一天，风贴着地皮缓吹，吹一吹小丘陵和小鱼鳞坑。一只野雉从灌木里飞起，头和长尾呈一条直线。野雉似乎不需要这么长的尾巴，是它身体的一倍多，飞起来身上如同别着一根箭。风如果把南山吹一遍约要一天时间。它的沟壑如城墙壁立，布满裂缝儿。风吹进去再钻出来，是个慢活儿。南山栽着挺多小老树，二十多年树龄，树干只有拇指粗。树的枝干虬结，如老梅。它们若是梅树多好。我想起台静农画的梅花，一朵一朵，都是圆圈画上去的。虽雷同，却不呆板。中国字画可看出心上的慢。好的书法，即使如草书，也是慢慢写出来的。怎样的慢法，各自有各自的功夫。

站在南山上看赤峰，原来的城市像一个簸箕泻出的米，从南山泻到英金河就到头了。现在，城市变成了一趟川，东西望不到边了。南山好像矮了。“好像”的原因是主政者在山顶盖了一座塔。是谁这么手欠，非要在山顶盖一座不伦不类的塔呢？山头即山首，亦为山的咽喉，盖上座塔会怎么样，会预防地震吗？怎么看都不好看，不是地里长出来的东西怎么会好看呢？

赤峰的小城位于南山北麓，英金河南岸。小时候，虽未听过陶渊明与陶潜之名，但常常体察悠然见南山的意境。赤峰人从未产生过愚公的想法，欲挖掉南山以期发展。我们知道，谁也挖不掉南山。此山的土堆起来还是一座山。挖山只不过给山松松土。儿时，我们登山，只为俯瞰一下赤峰城，看街道变细，楼房缩成高粱米粒大小。成排的平房如同木梳齿。这比什么都好看，我们常常看得发呆，并为下山钻进木梳齿般的房子里睡觉而感到惊讶。南山没有树，一年四季都是黄山，下完雨是深黄山，冬天黄得发白。干部和学生会在春天里的某一天扛着铁锹上山栽树。上午上山，下午下山，下山回望小树苗。因为这些树苗不久便会旱死了，看一眼，少一眼。第二年这帮人继续上山栽树，在哪块坡栽树都可以，哪块地都没树，空场有的是。但我不明白头一年栽的死树咋看不着了，谁拔走了吗？没人回答这么无趣的问题，大家只管栽树，栽完树发汽水，一人一瓶。

现在南山有树了。立春这一天探查，碗口粗的松树长了好几坡，冬天的黄土坡被墨玉般的松针盖在脚下。树根拉住了流失的土，沟壑停止了裂纹，沟下长着金黄的草，如同一条牛毛色的小路通进山里。立春的天空蔚蓝明净，云彩只像信手刷上去的白涂料，有扫痕。云层如果再厚一些，我猜想云的后面躲着鸟群的阵营。立春了，接着是雨水，小鸟该回咱们北方了。回来的候鸟先在云彩里面歇几天，适应一下环境，然后俯冲下来，带来花朵和青草。

说立春这一天，人体的阳气萌动。我下山，在路上见到三位红脸人士，他们的阳气堆在两颊。我见到一人倒着走，阳气多到用不了，正着走路已经使不上劲了。喜鹊抽动好像沾了白漆的翅尖，树上树下忙，像一位搞卫生的人。大路宽广，行人不再戴冬日的帽子，有人开始敞开羽绒服的衣怀，阳气从肚子里往外冒。电线还没有返青，但水泥电线杆子已经像杨树那么白，仿佛吸足了水分。我没看到河水的情形。赤峰的北河套光有套，没河了。以后看河要上电视上看，自然离人类渐远，我们要做的事是借着一个古代留下的节气的名字幻想自然，比如立春。

春　分

春分分开了土和树，它们从一样的燥白的树木和泥土中分离出两种色彩。杨树的白里透出了青，玉石那种青，树身比冬季光滑。土地露出新鲜的黄颜色。雪化之后的泥土黝黑，只比煤的黑色浅一些。

春分分开了水和冰。冰冻坚牢的河面由岩石般的黑色变为乳酪白。远看像落满了雪花。河冰将化未化之际，表层漂一层气泡，这是冰层变白的缘由。这样的河很好看哎，河两岸即将返青的牛毛似的黄草中间，横置一条白冰的大河，仿佛上天单独给河面降落了一道雪。近看，结满白色气泡的河冰上面浮一层水。冰被水泡化了，至少泡酥了，变得千疮百孔。

春分分开了青草和枯草。草嘛，望过去还是一片枯黄。但感觉到黄里藏着什么东西，却说不出它是什么东西。譬如：草变厚了？（不对。）草色由冬日的白金转为褐黄（它原来在白金中就包含着褐黄）。草站起来了？（是吗？）草向四外扩张（想象）。草地望过去仍然一片枯黄，但暗藏生机。生机这种东西可感受但无法描述。说一个人是一个活人并不仅仅因为他会眨眼、会走路、会咽唾沫。他的脸与身上贯注一种东西，报纸叫活力、中医叫一气周流，草也如此。草的活力见诸色彩，草在草里秘密贮藏了一些绿意。此绿让草叶蓬张变厚。远处看不到，走近了，瞪着草看一分钟，就看出它在胳肢窝里、裤衩下面和脚脖子周围挂着绿。承认吧，抵赖不了啦，草在偷偷变绿，只是人类视觉迟钝，分辨不清它每天的变化。这种变化要用数学模型解析，眼睛看草，草草而已。春分时节，草由单薄枯干的白金色转为卡其色，后来卡其色里渗入深黄，继之接近浅棕色，这时草的下半身已偷换上绿裤，尔后变为橄榄绿。绿草尖长到最高处时，新草褪去了白金色、卡其色与棕色的过时的布衫，转为嫩绿。此时，草的数量显少，但株株鲜明。每一株草手握可爱的尖戟，草尖旋转着卷成针尖，而它身下的叶子舒展。

春分分开了鸟儿和北风。吹了一个冬天的北风累得趴在冰上喘息，被南风吹走。压在石头下面的虫卵已经孵化成虫，大摇大摆地走在地面上。天上的云彩改变了航向，在南风里朝北飘浮。麻雀从草丛弹向树梢，仿佛变成了蚂蚱。站在枝头的喜鹊检测树枝的弹性，大尾巴朝下压，仿佛从洋井汲水。北风解除了对天空的封锁，鸟儿排队飞过。天空有了鸟群才有春意，天空不开花，不长绿叶，鸟群才是它花园的花朵。我在蒲河大道行走，五六米前的路面如爆炸一样升起一片麻雀，它们的碎片落在路旁的松树上。我再看松树，上面没有麻雀，枝叶间挂满圆嘟嘟的松塔。我不相信麻雀一瞬间变为松塔，如能变，它们早就变了。我往松树边上走，一步步趋近，“扑”，一多半“松塔”飞上天，到其他松树上冒充松塔。每当鸟群从视野里飞过，我总觉得这是一个幻想，说不清这是鸟的幻想还是我的幻想。好像这是不可能发生的事，但发生了。鸟们像树叶从眼前飘过，几秒钟离开了视域。不是一只鸟，而是七八只鸟一起飞行，它们必定去完成一件人间所没有的更有意思的事。它们排成队从人的头顶掠过，大地上的事情不值得珍惜。

春分分开了石块和虫子。昨天有一只瓢虫落在北窗台上，北方叫它花大姐。它在窗台麻纹的水泥上蹑足行走，甲壳比釉面还要光洁。花大姐橙色的脊背点着几个点，仿佛它是一个骰子，因为有人赌博才来到这里。赌什么呢？赌今年的雨水旺么？赌飞过的鸟群是单数还是双数？也是昨天，南面露台护栏固定件松了，我把它取下来。这个形如铸铁的固定件竟是塑料的，它下面是一窝瓢虫。我头一回看到成窝的瓢虫，甲壳上各自的点数不一样。我没数，盖上固定件免得它们着凉。我估计它们背上的点由一点、两点、三点到五六点，是排行，便于虫妈清点。

春天于此日分开大地和天空，让绿的绿、蓝的蓝。分开河水与岸，让静的静、动的动。冰雪彻底消融，春天分开了绿叶与花朵。

春如一场梦

每年近春，我脑子会冒出一个念头，内心被这个念头诱惑得高瞻远瞩，双腿奔忙如风火轮。静夜想，我想我可能找到了人生的真谛，年华从此不虚度。但每次——已经好几次——我的念头被强大的春天所击溃，我和我的计划像遗落在大地上的野菜一般零落不足惜。

我的念头是寻找春天从哪里开始。这不是一个伟大的计划吗？当然是，但是春天到底从哪里开始的呢？

众人所说的春意，对我住的地方而言，到了三月中旬还没动静。大地萧索，上面覆盖着去年秋天戗伏的衰草，河流也没解冻。但此为表象，是匆匆一瞥的印象，是你被你的眼睛骗了。蹲下看，蒲河的冰已经酥化起层，冰由岩石的白化为鸡蛋壳的白。它们白而不平，塌陷处泛黑，浸出一层水。底层的河水与表面的冰相沟通。这是春天的开始吗？好像不是，这可算春天来临之前河流的铺垫，距人们所说桃红柳绿相距甚远。或者说，这是冬天的结束？说当然是可以这么说，然而冬天结束了吗？树的皮还像鳄鱼皮一样灰白干燥，泥土好像还没活过来。我读一本道家谈风水的书，书上说阳春地下有气运行。大地无端鼓起一个包，正是地气汇聚所致。此时看，还看不出哪个地方鼓起土包。

有一件事我们要厘清：塞地冬季的结束与春天到来会分明吗？这事说不好，谁也不敢定。冬天有多少种迹象代表冬？春天有多少种迹象代表春？我们作为渺小的人类真的说不清，政府也说不清。你说冬天有白雪，然而春天有春雪。大自然或曰天道不会把季节安排得像小学一年级、二年级那么清楚。

大地寂寥，现在是三月下旬，四周依旧静悄悄。田野没有绿衣、野花和蝴蝶。大地仿佛入定了，没谁能改变它。谁能让这么大一片土地披上新装，谁能让小鸟翻飞缭绕，谁能让小虫在泥土上攀爬，谁能让毫无色彩的大地上开遍野花。渺小的人类不能，政府也不能。所能者只有春天。在这个时刻瞭望春天——假如他从未经历春天的话——会觉得春天可能不来了，一点儿消息都没有。我回想往年的春天每每像不来了，每每轰然而至。它之到来如卸车，卸下无数的青草，更多的绿叶，一部分的鲜花，更少的小鸟、甲虫和云母片一般天上的轻云。那是哪一天的事，确实记不得了。这只是某一天的事，是去年春天的事，是往事。

作为一个悭吝的人，我不情愿让春天就这样冲过来了事，不如捕捉一些线索，看它怎样动作。我住在沈阳北三环外的远郊。此处无所有，聊备大野荒。政府把这里几十平方公里的地买下卖给开发商，由于楼市低迷，后者不敢再盖楼，四处荒芜。政府在此造好道路，路两旁栽上桃树、杏树、樱花树等应有尽有一切的树，春天一并开放。花树与撂荒的土地构成史前时期的粗粝地貌，使我不负责任地感到十分美好。我在荒地上奔走，虽不种地但比种地的农民还忙，我要找眼前哪管一点点绿的痕迹，没有。坐下来歇息时，却见柳条软了，柳枝在褐色外面敷盖一层微黄。我跳起来去看那黄的柳枝，此色如韩愈所说“近却无”矣。手在地上抓两把土，土松软，并有潮湿的凉意。

春天在某一个地方藏着呢。它藏在哪儿呢？地虽大，但装不下春天。天上空空如也，也藏不了一个春。我如果没误判，春藏在风里，它穿着隐身衣在风里摸一下土，摸一下河水，摸一摸即将罗列蓓蕾的桃树枝——以此类推——摸一摸理应在春天里苏醒的所有生物。这就像解除了缚束万物的定身法，万物恍然大悟，穿上花红柳绿的衣衫闯入春天。

三月末，我赴长春勾留两日，办完事装模作样在净月潭环潭跑步十八公里，要不当天就回来了。回来一看，糟了！荒地的低洼冒出了青草，大地悄悄流淌着青草的溪流。它们趁我不备，搞了一场偷袭。我走过去，蹲下，连哭的心都有了。这才两天的事，你们却这样了。我本想让青草在我眼皮底下冒出来，接受我的巡礼与赞美，我却去了长春。知道这个，我去什么长春呢？青草——我本想对它们说我待你不薄，细想也没对人家怎样就不说了。大地之大部分仍被白金色的枯草所占领，但每一块枯草下面都藏着青草的绿芽，它们是今年的春草，无所畏惧地来到了世上。

我知道春天并非因我而来，却想知道春的来路，然而这像探寻时间的起点一样困难。相对论说明：时间的快慢取决于物体穿过空间的运动的快慢以及它们靠近通过引力牵引它们的大质量物体的程度。量子力学显示：在最微观尺度下，事物的实质和存在变得很奇怪，比如两个粒子可以以某种方式纠缠起来，且不管两者距离有多远。我尽可能通俗地引用物理学论述，但足以说明所谓“时间”是一个含糊的表达，它没有开始，同样没有开始的还有春天。

归来两日，大地每日暴露一些春的行迹。桃花迟迟疑疑开了，半白半红。而没开的蓓蕾包着深红的围脖。连翘是春天的抢跑者，举着明黄的花瓣，堂皇招摇。若醒得早，会听到鸟儿在曦光里畅谈古今（天亮时间五点三十分左右）。此乃春之声，冬日窗外无鸟语，因为无鸟。跑步时，我发现了一只纽扣大的蝴蝶，紫色套金边（暗含柬埔寨首都之名）。它像不会飞，它却一直飞，离地二十厘米许。我跑步掐表，本不愿停下，却面对这只 2016 年第一只蝴蝶发了一阵呆，它是蝴蝶还是春？春云呢，它是那么薄。夏日里成垛的云，春天可以扯平覆盖整个天空，如蚕丝一般空灵。云彩们还在搞计划经济，该多的时候多，该少的时候少，无库存。这样说来，春天到了或基本上到了。但春日并不以“日”为单位，春不分昼夜。站在阳台看，草与木早上与下午已有不同。刚刚看，窗外五角枫的枝条已现青色，上午还不是这样。春天之不可揣摩如上面说的，其变不舍昼夜。夜里什么草变青，什么花打苞，什么树萌芽完全处在隐蔽战线，即便我头顶一个矿灯寻查也难知详尽。春天太大了，吾等不知它的边际在哪儿，也不知它在搞什么，探春不外妄想，知春更是徒劳。

今日，我骑自行车沿蒲河大道往东走，没出两公里，见前方路边站满了灼灼的桃花，延伸无尽。这阵式把我吓得不敢再走。我只不过寻找枝头草尖上面小小的春意，而春天声势浩大地把我堵在了路口。春天还用找吗？这么浩荡的春天如洪水袭来，让我如一个逃犯面对着漫山遍野桃花的警察不敢移步。我不走了，我从前方桃树模糊的绯红里想象它们一朵一朵的桃花，爬满每一棵树与每一根枝条。它们置身一场名叫“花”的瘟疫里无可拯救。再看身边的杨树，它们虽不开花，但结满了暗红的树狗子，树冠因此庞大深沉。再看大地，仿佛依旧萧索，青草还没铺满大地。我仍然不知春天到还是没到，桃花占领了路旁，大地却未返青。春天貌似杂乱无章，实则严密有序地往外冒。春天蔑视寻找它的人，故以声东击西之战术把他搞乱套。用眼睛发现的春天似可见又不可见，远在天边，近在眼前，人是搞不赢的。我颓然坐在杨树下，听树上鸟鸣，一声声恰恰分明，而风温柔地拂到脸上，像为我做个石膏模子离去。我知道在我睁开眼睛之后，春色又进驻了几分，我又有新的发现，这一切如同一个梦。

没有人在春雨里哭泣

雨点瞄着每株青草落下来，因为风吹的原因，它落在别的草上。别的雨点又落在别的草上。春雨落在什么东西都没生长的、傻傻的土地上，土地开始复苏，想起了去年的事情。雨水排着燕子的队形，以燕子的轻盈钻入大地。这时候，还听不到沙沙的声响，树叶太小，演奏不出沙沙的音乐。春雨是今年第一次下雨，边下边回忆。有些地方下过了，有些地方还干着。春雨扯动风的透明的帆，把雨水洒到它应该去的一切地方。

走进春天里的人是一些旧人。他们带着冬天的表情，穿着老式的衣服在街上走。春天本不想把珍贵的，最新的雨洒在这些旧人身上，他们不开花、不长青草也不会在云顶歌唱，但雨水躲不开他们——雨水洒在他们的肩头、鞋和伞上。人们抱怨雨，其实，这实在是便宜了他们这些不开花不长青草和不结苹果的人。

春雨殷勤，清洗桃花和杏花，花朵们觉得春雨太多情了。花刚从娘肚子钻出来，比任何东西都新鲜，无须清洗。不！这是春雨说的话，它认为在雨水的清洗下，桃花才有这样的娇美。世上的事就是这样，谁想干什么事你只能让它干，拦是拦不住的。春天的雨水下一阵儿，会愣上一会儿神。它们虽然在下雨，但并不知这里是哪里。树木们有的浅绿、有的深绿。树叶有圆芽、也有尖芽。即使地上的青草绿得也不一样。有的绿得已经像韭菜、有的刚刚返青。灌木绿得像一条条毯子，有些高高的树才冒嫩芽。性急的桃花繁密而落，杏花疏落却持久，仿佛要一直开下去。春雨对此景似曾相识，仿佛在哪里见过。它去过的地方太多，记不住哪个地方叫什么省什么县什么乡，根本记不住。省长县长乡长能记住就可以了。春雨继续下起来，无须雷声滚滚，也照样下，春雨不搞这些排场。它下雨便下雨，不来浓云密布那一套，那都是夏天搞的事情。春雨非不能也，而不为也。打雷谁不会？打雷干吗？春雨静静地、细密地、清凉地、疏落地、晶亮地、飘洒地下着，下着。不大也不小，它们趴在玻璃上往屋里看，看屋里需不需要雨水，看到人或坐或卧，过着他们称之为生活的日子。春雨的水珠看到屋子里没有水，也没有花朵和青草。

春雨飘落的时候伴随歌声，合唱，小调式乐曲，6/8 拍子，类似塔吉克音乐。可惜人耳听不到。春雨的歌声低于二十赫兹。旋律有如《霍夫曼的故事》里的“船歌”，连贯的旋律拆开重新缝在一起，走两步就有一个起始句。开始，发展下去，终结又可以开始。船歌是拿波里船夫唱的情歌小调，荡漾，节奏一直在荡漾。这些船夫上岸后不会走路了，因为大地不荡漾。春雨早就明白这些，这不算啥。春雨时疾时徐，或快或慢地在空气里荡漾。它并不着急落地。那么早落地干吗？不如按 6/8 的节奏荡漾。塔吉克人没见过海，但也懂得在歌声里荡漾。6/8 不是给腿的节奏，节奏在腰上。欲进又退，忽而转身，说的不是腿，而是腰。腰的动作表现在肩上。如果舞者头戴黑羔皮帽子，上唇留着浓黑带尖的胡子就更好了。

春雨忽然下起来，青草和花都不意外，但人意外。他们慌张奔跑，在屋檐和树下避雨。雨持续下着，直到人们从屋檐和树底下走出。雨很想洗刷这些人，让他们像桃花一样绯红，或像杏花一样明亮。雨打在人的衣服上，渗入纺织物变得沉重，脸色却不像桃花那样鲜艳而单薄。他们的脸上爬满了水珠，这与趴在玻璃上往屋里看的水珠是同伙。水珠温柔地俯在人的脸上，想为他们取暖却取到了他们的脸。这些脸啊，比树木更加坚硬。脸上隐藏与泄露着人生的所有消息。雨水摸摸他们的鼻梁，摸摸他们的面颊，他们的眼睛不让摸，眯着。这些人慌乱奔走，像从山顶滚下的石块，奔向四方。春雨中找不到一个流泪的人。人身上有四千到五千毫升的血液，大约只有二十到三十毫升的泪。泪的正用是清洗眼珠，而为悲伤流出是意外。他们的心灵撕裂了泪水的小小的蓄水池。春雨不许人们流泪，雨水清洗人的额头、鼻梁和面颊，洗去许多年前的泪痕。春雨不知人需要什么，如果需要雨水就给他们雨水，需要清凉给他们清凉，需要温柔给他们温柔。春雨拍打行人的肩头和后背，他们挥动胳膊时双手抓到了雨。雨最想洗一洗人的眼睛，让他们看一看——桃花开了。一棵接一棵的桃树站立路边，枝丫相接，举起繁密的桃花。桃花在雨水里依然盛开，有一些湿红。有的花瓣落在泥里，如撕碎的信笺。如琴弦一般的青草在桃树下齐齐探出头，像儿童长得很快的头发。你们看到鸟儿多了吗？它们在枝头大叫，让雨下大或立刻停下来。如果行人脚下踩上了泥巴应该高兴，这是春天到来的证据。冻土竟然变得泥泞，就像所有的树都打了骨朵。不开花的杨树也打了骨朵。鸟儿满世界大喊的话语你听到了吗？春天，春天，鸟儿天天说这两句话。

春天喊我

街上有今年的第一场春雨。

春雨知道自己金贵，雨点像铜钱一般“啪啪”甩在地上，亦如赌徒出牌。

下班的人谁也不抱怨，这是在漫长的冬天之后的第一场天水。人们不慌张，任雨滴清脆地弹着脑门。在漫长的冬天，谁都盼着探头一望，黄土湿润了，雨丝随风贴在脸上。但是在冬天，即使把一瓢瓢清水泼在街上，也洒不湿世界，请不来春意，除非是天。

然而在雨中，土地委屈着，浮泛腥气，仿佛埋怨雨水来得太晚。土地是任性的情人，情人总认为对方迟到于约会的时间。在犹豫的雨中，土地扭脸赌着气，挣脱雨水的臂膀。那么，在眼前已经清新的时刻，凹地小镜子似的水坑向你眨眼的时刻，天地融为一体。如同夫妻吵架不须别人苦劝，天地亦如此。

在下雨之前，树枝把汁水提到了身边，就像人们把心提到嗓子眼儿，它们扬着脖颈等待与雨水遭逢。我想，它们遭逢时必有神秘的交易，不然叶苞何以密密鼓胀。

路灯下，一位孕妇安然穿越马路，剪影如树的剪影。我坐在街心花园的石椅上，周围是恋爱的人。雨后的春花，花园中恋爱的人即使增加十倍也不令人奇怪。我被雨水洗过的黑黝黝的树枝包围了，似乎准备一场关于春天的谈话。树习惯于默不作声，但我怎能比树和草更有资格谈论春天呢？大家在心里说着话。起身时，我被合欢树的曲枝扯住衣襟。我握着合欢的枝，握着龙爪槐的枝，趴在它们耳边说：“唔，春天喊我！”

每株草芽都泄露了一个秘密

雪不是一天化的。春节过后，雪有步骤地减少。大街的、马路牙子掖着的、树坑里的雪如按计划撤退的士兵，一块块消失，空气湿润。西墙和北墙角的雪比煤还黑，用铁锹掏一下，才见白心。环卫工把雪掏出撒在大街上，像撒盐。我忽然想起，冬天一直有雪，地面被雪覆盖了两个多月，麻雀到哪里觅食呢?

我从不清楚城里的麻雀靠吃什么活着，草和草籽被雪覆盖了，它们吃什么呢? 飞行消耗的热量比行走更大，但没看到哪一只麻雀在天空像慢镜头一样飞，也没看到哪只麻雀饿得一头栽下来。实话说，鸟栽下来，人也注意不到。

麻雀一定掌握好多秘密，比如在大型超市门前，有儿童洒落的面包屑，或者它们熟知沈阳市皇姑区有多少卖粮食的门市。鸟们了解鸟的秘密。人不妨养成这样一个习惯，在外衣兜儿上扎个小眼，临出门抓一把小米放兜里，边走边洒。大街上——即使是雪地——隐隐约约看得到莹黄的小米粒。商店门口，这位白发西装的男人走过，身后有一点小米；那个烫发时髦的女人走过，小米落在脚印上。

雪化了，我看天空的麻雀越来越少，属实说连一只麻雀都没看到。我希望立刻有人纠正我，说麻雀数量并没少，它们飞到了乡村的田野。天道厚朴，给一虫一鸟留出了生路。

都说人乃万物之灵，灵在哪儿？人会造火箭，会给心脏搭桥，会作曲，这一类机巧的事情是万物之灵的例子，可火箭与曲都不是我们造的，是别人。搭桥也是别人搭的。应当说——极少的人是万物之灵，多数人像泥土一样平凡。如果人真的那么灵，能不知道大雪遍地，麻雀是怎样活下来的吗？

人不知道的事太多了。据说月亮圆的时候释放了许多能量，人却察觉不到。惊蛰这一天，小虫身体像被引爆了一样，腾地翻过身，人也没察觉。冬至与夏至这两天，是天地的大事情，人跟没事一样。人觉得股市楼市才是大事。

巴赫的音乐里藏有多少秘密？我们感觉得到却说不出。耳听旋律与织体环环相扣如流水一般流走了，啥也没听出来。我读巴赫的乐谱，想找一些蛛丝马迹，找不出来。听，它们是铜墙铁壁，听不出头绪。巴赫的音乐像DNA的图谱一样严密。我甚至怀疑世上是否有过约翰·塞巴斯蒂安·巴赫这个人。如果没这个人，这些音乐是从哪儿来的呢？他的帕蒂塔（德国组曲）、他的小提琴与人声的奏鸣曲是从哪儿来的？巴赫的后人今天在哪里？能跟他们合影留念吗？这里面的秘密比麻雀在雪天觅食还复杂。

早春的雪化了，水淌进树坑，夜里又结冰。树坑里的冰片不透明，像宣纸一样白。结着气泡的圆，一踩就破了。冰比煎饼还薄，在早春。

春天伊始，土地暴露了不知多少秘密，每株草冒芽都泄露了一个秘密。老榆树像炭那么黑，身上结碗大的疙瘩。它们头顶飘着轻软的细枝，像秃子显摆刚长出的头发，这是柳树的秘密。人坐在墙边晒太阳，突然见到一只甲虫往树上爬，真吓人一跳。在花没开、树没绿的早春，它是从哪里来的？冬天里没这个甲虫，春天还没到。会不会有人从海南捉来这只虫，装进口袋，坐飞机飞回东北，偷偷放在这棵树上呢？

不要跟春天说话

春天忙。如果不算秋天，春天比另两个季节忙多了。以旅行譬喻，秋天是归来收拾东西的忙，春天是出发前的忙，不一样。所以，不要跟春天说话。

蚂蚁醒过来，看秋叶被打扫干净，枯草的地盘被新生的幼芽占领，才知道自己这一觉睡得太长了。蚂蚁奔跑，检阅家园。去年秋天所做的记号全没了，蚯蚓松过的地面，使蚂蚁认为发生了地震。打理这么一片田园，还要花费一年的光景，所以，不要跟蚂蚁说话。

燕子斜飞。它不想直飞，免得有人说它像麻雀。燕子口衔春泥，在裂口的檩木的檐下筑巢，划破冬日的蛛网。燕子忙，哪儿有农人插秧，哪儿就有燕子的身影。它喜欢看秧苗排队，像田字格本。衔泥的燕子，从不弄脏洁白的胸衣。在新巢筑好之前，不要跟燕子说话。

如果没有风，春天算不上什么春天。风把柳条摇醒，一直摇出鹅黄。风把冰的装甲吹酥，看一看冰下面的鱼是否还活着。风敲打树的门窗，催它们上工。风把积雪融化的消息告诉耕地：该长庄稼了。别对风说："嗨！"也别劝它休息。春风休息，春天就结束了。所以，不要跟春风说话。

雨是春天的战略预备队。在春天的战区，风打前阵，就像空军做第一轮攻势一样，摧枯拉朽，瓦解冬天的军心。雨水的地面部队紧接着赶到，它们整齐广大，占领并搜索每一个角落，全部清洗一遍，让泥土换上绿色的春装。不要跟它们讲话，春雨军纪严明。

草是春天的第一批移民。它们是老百姓，拖儿拉女，自由散漫。草随便找个地方安家，有些草跑到老房子屋顶，以及柏油路裂缝儿的地方。草不管这个，把旗先竖起来再说。阳光充足的日子，草晾晒衣衫被褥，弄得乱七八糟。古人近视，说"草色遥看近却无"。哪里无？沟沟壑壑，连电线杆子脚下都有草的族群。人见春草生芽，舒一口气，道：春天来了！还有古人作诗："溪上谁家掩竹扉，鸟啼浑似惜春晖。"（戴叔伦《过柳溪道院》）"渭北春天树，江东日暮云。"（杜甫《春日忆李白》）春晖与春树都比不过草的春意鲜明，它们缝春天的衣衫，不要跟忙碌的缝衣匠说话。

"管仲上车曰：'嗟兹乎！吾不能以春风风人，吾不能以夏雨雨人，吾穷必矣。'"（《说苑·贵德》）没有谁比春天更厉害，管仲伤感过甚。看春天如看大戏，急弦繁管，万物萌生。在春天，说话的主角只有春天自己，我们只做个看官。

春是春天的春

春是春节的春。小孩子像一堆红萝卜四处滚动，他们兜里多了钱，还有鞭炮，眼睛东张西望。柴火垛的积雪把孩子的脸蛋映衬得鲜红。春节驾到，它被厨房大团的蒸汽蒸出来，天生富足。人集体换上同样的表情：憧憬的、采购的、赴约的、疲倦的，打底是豪迈的表情，即春节的表情。一只小白狗往桑塔纳车轮上撒尿做记号，一会儿车开了，上哪儿找这个记号呢？春节把小狗乐糊涂了。春节是家家召开的总结表彰大会、烹饪大会、时装发布会、项目规划会，参与人士为全体国民。

春是春雪的春。正月的雪，是天送给地的一笔厚礼。若半尺厚，春小麦就有了一床暄暖的厚被。雪沃大地，黑龙江省进入童话，吉林省进入版画，辽宁的雪待不上几天就化，气温高。春雪飘落，带着伞翼，旋转而下，把枯草包裹晶莹。屋顶的雪借阳光变为参差耀眼的檐冰，一边淌水，一边延伸。

春是春分的春。每年 3 月 21 日前后，太阳抵达黄经零度，昼夜均，寒暑平，阴阳相半。这天正午，在太阳的脚步落下那一刻，被天文学家视为北半球春季的开始。保定农谚唱：春分麦起身，一刻值千金。

春是春水的春。庾信《燕歌行》:“洛阳游丝百丈连，黄河春冰千片穿。”春冰薄如翼，捡一片放在手心，透出鲜红的掌纹，与玻璃一般。俄尔化为水。春水浩荡，越岭翻山。旧日的东北土匪，此际出山拆冰。桃花水下来，冰块壅塞河道，影响木排运输。商人请胡子（匪）拆冰，匪们喝过酒，上冰，撑木杆左支右绌，轰隆一声，冰泄河通。胡子或永久失踪，或从哪个地方爬上岸，挣的是舍命钱。大部分江河，冰化水，如鱼下锅，酥了，碎了。我的感觉，冰在春夜比白昼化得快。春水流桃花，落红搭上了薄冰的小舟。想起黎锦晖那首《桃花江》:“我听得人家说，说什么？桃花江是美人窝。桃花千万朵，比不上美人多。”

春是春草的春。柳枝在河面练习书法，字被波纹抹掉。不觉间，地上浮现密密麻麻的字，连成片是草书，它们是春草。草是春天的信函，连篇累牍，蘸着绿色的墨汁，写到天涯海角。有人说，画兰须备书法功底，苛求于“笔”,“墨”则次之。而草的象形书法，撇捺通脱，开张奔放，是米芾的行草。这些草书，叫“大地回春帖”,被大地当衣裳披在身上，向夏天走去。

春是春耕的春。祭土神的春社过了，“桑柘影斜春社散，家家扶得醉人归”。春牛登场，地表阳升。农人扶犁挥鞭，头顶有燕子飞掠。庄稼人开始忙了，把粮食从地里忙进仓里，春耕是头一天。

春是春天的春。唐代称酒为春，“软脚春”“垆头春”等。曲艺界称相声为春，“宁送一锭金，不教一口春”。《诗经》里，思慕异性是春，“有女怀春”。在大自然看来，只有春天才是春。杜甫

《腊日》诗：“侵陵雪色还萱草，漏泄春光有柳条”。春天所以为春，是万物皆萌、四季轮回的新一轮又开始了。春天所以叫天，是天的心情很好，江河风雨，温润和顺，柳絮乱飞也没惹老天爷生气。春天里，管弦乐队应该去田野里演奏。鲍罗丁《在中亚细亚草原上》或者德沃夏克《斯拉夫舞曲》，均广大深厚，田野吐出带甜味的呼吸。在春天，大地的胸膛潮湿澎湃，让生长的生长，让冬眠的醒来，让花朵在坚硬的枝头站成一排排蝴蝶，让孩子在乡村的学堂里朗读。

教员（温柔）：春……

孩子（倔强）：春！

教员（端正）：春天的春……

孩子（强烈）：春天的春！

喊声太大了，屋檐的小鸟惊飞，风从树林跑过来，看这里到底发生了什么事。

春天是改革家

四季当中，春天最神奇。夏季的树叶长满每一根枝条时，花朵已经谢了，有人说："我怎么没感觉到春天呢？"

春天就这样，它高屋建瓴。它从事的工作一般人看不懂，比如刮大风。风过后，草儿绿了；再下点儿雪，然后开花。之后，不妨碍春天再来点儿风，或雨，或雨夹雪，树和草不知是谁先绿的。河水开化了，但屋檐还有冰凌。

想干啥干啥，这就是春天的作风。事实上，我们在北方看不到端庄娴静的春天，比如油菜花黄着，蝴蝶飞飞。柳枝齐齐垂在鸭头绿的春水上，苞芽鹅黄。黑燕子像钻门帘一样穿过枝条。这样的春天住在江南，它是淑女，适合被画成油画、水彩，被拍照和旅游。北方有这样的春天吗？没见过。在北方，春天藏在一切事物的背后。

在北方，远看河水仍然是白茫茫的冰带，走近才发现这些冰已酥黑，灌满了气泡，这是春天的杰作。虽然草没有全绿，树未吐芽，更未开花，但脚下的泥土不知从何时泥泞起来。上冻的土地，一冻就冻三尺，是谁化冻成泞？春天。

像所有大人物一样，春天惯于在幕后做全局性、战略性的推手。让柳叶冒芽只是表面上的一件小事，早做晚做都不迟。春天在做什么？刚刚说过，它让土地解冻三尺，这是改革开放，是把冬天变成夏天——春天认为，春天并不是自然界的归宿，夏、秋和冬才是归宿或结果——这事还小吗？

春天既然是大人物，就不为常人所熟知。它深居简出，偶尔接见一下春草、燕子这些春天的代表。春天在开会，在讨论土地开化之后泥泞和肮脏的问题。许多旧大员认为土地不可开化，开化就乱了，泥泞的样子实在给“春天”这两个字抹黑。这些讨论是呼呼的风声，我夜里常听到屋顶有什么东西被吹得叮当响，破门拍在地上，旧报纸满天飞。这是春天会议的一点儿小插曲。春天一边招呼一帮人开会，另一边在化冻，催生草根吸水，柳枝吐叶，把热气吹进冰层里，让小鸟满天飞。春天看上去一切都乱了，一切却在突然间露出了崭新的面貌。

春天暗中做的事情是让土地复苏，让麦子长出来，青草遍布天涯。“草都绿了，冬天想回也回不来了。”这是春天常说的一句话。春天并不是冬天到达夏天的过度，而是变革。世间最艰难的斗争是自然界的斗争，最酷烈的，莫过于让万物在冬天里复苏。冬天是冷酷的君王，拒绝哪管是微小的变化。一变化，冬天就不成其为冬天了，正如不变化春天不成其为春天。春天和冬天的较量，每一次都是春天赢。谁都想象不到，一寸高的小草，可以打败一米厚的白雪，白雪认为自己这么厚永远都不会融化。如果它们是钱，永远花不完。积雪没承想自己不知不觉变成沟壑里的泥汤。

春天朴素无物，春天大象无形，春天弄脏了世界又让世界进入盛夏。春天变了江山即退隐，柳枝的叶苞就是叶苞，它并不是春天。青草也只是一株草，也不是春天。春天以“天”作为词尾，它和人啊树啊花啊草啊牛啊羊啊官啊长啊都不一样，它是季候之神，说来就来，说走就走。爱照相的人跟夏天合影、跟秋天合影、跟冬天合影，最难的是跟春天合一张影，它们的脚步比“咔嚓”声还要快。

春雪的夜

雪下了一天。作为春雪，一天的时间够长了。节气已经过了惊蛰和春分，下雪有点儿近于严肃。但老天爷的事咱们最好别议论，下就下吧。除了雨雪冰雹，天上下不来别的东西。下雪也是为了万物好。

我站在窗边盼雪停是为了跑步，心里对雪说：你跑完我跑。人未尝不可以在雪里跑，但肩头落着雪花，跑起来太像一条狗。穿黑衣像黑狗，穿黄衣像黄狗。这两种运动服正好我有，不能跑。

雪停了，在夜里十一点。这里——汤岗子——让人想起俄裔旅法画家夏加尔笔下的俄罗斯乡村的春夜。汤岗子有一些苏联样式的楼房，楼顶悬挂雪后异常皎洁的月亮，有点儿像俄国。白天，这里走着从俄罗斯来治风湿病的患者，更像俄国。

雪地跑不快，眼睛却有机会四处看。雪在春夜多美，美到松树以针叶攥住雪不放手。松枝上形成一个个雪球，像这棵松树把雪球递给边上的松树，而边上的松树同样送来雪团。松树们高过两层楼房，剪影似戴斗笠披大氅的古代人。摩西领以色列人出埃及，是否在野地互相递雪团充饥呢？埃及不下雪。

道路两旁，曲柳的枝条在空中交集。夏天，曲柳结的小红果如碎花构成的拱棚。眼下枝头结的都是白雪，雪在枝上铺了一条白毡，路面仍积了很深的雪。哪些雪趴在树枝的白毡上，哪些雪落在地上卧底，它们早已安排得清清楚楚。

路灯橘红的光照在雪上，雪在白里透出暖色。不好说是橘色，也不好说是红色，如同罩上一层灯笼似的纱，而雪在纱里仍然晶莹。春雪踩上去松软，仿佛它们降下来就是准备融化的。道路下面有一根输送温泉的管子，热气把路面的雪融为黑色。

近十二点，路面陆陆续续来了一帮人。他们男女一组，各自扫雪。他们是邻近村里的农民，是夫妻，承包了道路扫雪的任务，按面积收报酬。我在农村干过两年活儿，对劳动者的架势很熟悉。但眼前这些农民干起活来东倒西歪，一看就知道好多年不干活了。他们的地被征用，人得了征地款后无事干，连扫雪都不会了。

我在汤岗子的林中道上转圈跑，看湖上、草里、灌木都落满了雪，没落雪的只有天上橙黄的月亮。雪安静，落时无声，落下安眠，不出一丝声响。扫雪的农民回家了，在这儿活动的生物只剩我一人。我停下来，放轻脚步走。想起节气已过春分，可能这是春天最后一场雪了。而雪比谁都清楚它们是春天最后的结晶者，它们安静地把头靠在树枝上静寐。也许从明天早上开始，它们就化了。你可以把雪之融化想象成雪的死亡——虽然构成雪的水分不会死，但雪确实不存在了——所以，雪们集体安静地享受春夜，等待融化。

然而雪在这里安静下来，它下面的大地已经复苏了，有的草绿了，虫子在土里蠕动。雪和草的根须交流，和虫子小声谈天气。

雪在复苏的大地上搭起了蓬松的帐篷。

我立定，看罢月亮看星星。我感到有一颗星星与其他星星不一样，它在不断地眨眼。我几次擦眼睛、挤眼睛看这颗星星，它真的在眨眼，而它周围的星星均淡定。这是怎么回事呢？我说这颗星眨眼是它在飘移，晃动，隐而复现。它动感情了？因为春天最后一场雪会在明天融化？这恐怕说不通。我挪移脚步，这颗星也稳定了。哦，夜色里有一根看不清的树枝在风中微摇，挡住了我视线中的星星的身影。而我希望世上真有一颗（哪管只一颗）星星眨眼，让生活有点儿惊喜。

睡觉吧，春雪们，你们弓着背睡吧，我也去睡了，让月亮醒着。很久以来，夜里不睡觉的只有月亮。

小鸟与春天

小鸟没听过“春天”这个词，春天是人类为这个万物生长的季节所做的命名。小鸟知道的事情是天气暖了，河床里原来像岩石一样坚硬的冰化为春水。坚冰化为河水之后开始流淌，春风把河水吹起一层皱纹，河水仿佛穿了一件亚麻的外衣。小鸟在河水上空飞过来，飞过去，它嫌河水流得有点儿慢，它想知道河水要流到哪里。小鸟飞累的时候，就落到河边喝点儿水。你要知道，小鸟在冬天找不到水喝，它们等待雪被太阳晒化之后喝一点儿泥泞的水。现在好了，有一眼望不到边的河水供它喝，小鸟喜欢春天的第一条理由是河水复活了。

小鸟在春天里飞翔，看到大地不知从哪一天开始变绿了。冬天的大地只有黄土，没有生机。春草长出来之后，像有人用颜料把大地刷上一层绿色。绿色起先还不均匀，后来刷来刷去，每一块土地都变绿了。这个人一定是巨人，他有着隐形的身体，手里拿着大刷子，刷刷刷。他用刷子刷过土地之后，小草长了出来。再刷一遍，更多的青草长出来。有人说，这个巨人叫春风，它吹到哪里，哪里就有绿草长出来。小鸟因此喜欢春天也喜欢春风，它让大地铺上了绿色的地毯。小鸟从天空俯冲下来，钻进青草里。青草伸开一左一右的绿袖子，像做体操。所有的青草都以做操的姿态站在阳光下，这可太好看了，小鸟在心里这样赞叹。小鸟喜欢春天的第二个理由是大地长满了青草。

桃花是什么？每年春天小鸟都这样问自己。桃花是桃树枝头开的花朵，粉颜色，圆圆的花瓣像小手指肚那么大。春天原来是寂静的，桃花一开，大地一下子热闹了，好像有人举着花枝游行。小鸟觉得这简直是一个节日，它想落在桃花枝上又舍不得落，怕踩落花瓣。小鸟后来还是落在桃树上。它身旁全是漂亮的花朵，觉得自己美得很。小鸟太喜欢春天了，第三个理由是桃花开满枝头。

比草木更孤独

我的新居在沈阳的边上，比城乡接合部更接近田野。这些广阔的田野被房地产商购买后遇到楼市降温，田野变成了旷野，耕地上长满荒草。我从北窗望过去就见到地平线，如长长的扁担，挑着天边的云彩。抬眼见到地平线是福气，城里人抬多少次眼见到的全是楼，站在高楼顶上看到的仍然是楼。

地平线是多么大的财富，稍稍看一会儿，视野里就有鸟儿翻飞，经常是一对。这里离城市已经很远了，鸟儿仍然要往更远的地方飞。在我印象里，太阳应该从山峦后面升起，山是它的车马大轿，但这儿没山。这里的东方跟北方一样，只有地平线。太阳只好平凡地从地平线升起，我想它并不情愿，只好如此。太阳从东方的地平线上先冒个头，浮现半轮，尔后通晓地全然跃出，看上去非常富有。太阳升得不快，也不慢。地平线如同流淌着高炉里的铁水。暗红透金的铁水漫过平原的树丛、吞没田埂和土坷垃，淌到开发商买下的土地上散开变成了薄薄的金色。太阳孤零零地继续上升，没有山峦或楼群的扶持也得上升，习惯了。我站在荒野上目睹日出，周围竟没一个人。恍惚间觉得太阳是为我一个人而升起的，这个想法刚产生我就把它批判了一下。在太阳眼里，我与草木见不出区别，况且身边还有鸟儿、有电线杆子，太阳是为大伙儿升的，这才对头。

面对旭日的时候，我忽然觉得自己好孤单，一下子想不起怎么到了这个地方，甚至忘了这是什么地方。太阳把大地重新包装了一下，条状的红云从东方天际向外放射，草尖儿敷一层逆光的红色，飞鸟的影子变黑，灰褐的杨树干透出清洁的白色。太阳升起时支起一个圆顶的穹顶，光芒像树的年轮一样由中心向外扩展，那是一圈儿一圈儿的光。太阳带着它的宫殿飘起来后，地平线恢复静穆的黑色的“——”。这景致很像个“旦”字。舜可汗造歌词“日月光华，旦复旦兮”，灵感有可能来自观日出。阳光从东方平射而来时，植物和我都显出挺拔的姿态，从头到脚涂抹着均匀的金光。地里的石头仿佛是古代的墓碑。

我在公路上远行，为了看到更多的草和树木。有人以为草和草是一样的，看一眼就感到单调。然而每一株草都不一样，像人和人不一样。抱团的草，从石缝儿里长出的孤单的草，长在高处和低洼地的草像草书一样斑斓多姿，姿态出人意料。它们推掌踢腿，恣意妄为。我甚至盼望在路旁生锈的废钢筋身上长出一簇绿草，那才是生命的奇迹。

草在旷野上长得很平，走上去则是坑坑洼洼。在草地行走要低着头选路，看到暴露在地面的树根、灌入气泡的薄冰、刚刚出世的昆虫和像白石灰水一样溅开的鸟粪。我知道自己像一个丢了东西在地面寻找的人。我心里一定是丢了许多东西，想在这里找回来。这里不光有荒草和泥土，还有我需要的东西，尽管我不知道那是什么东西。它们正踩着我的目光所搭的梯子走进我的心里。我欢迎所有旷野的、荒凉的、被人遗弃的、不知名因而不尊贵的东西在我心里安家，心比院子还大。

你看到野草荒凉，是因为它们身边没有它不需要的高楼、道路和集市，那是人赖以生存的条件。草拥有万物的根基——土地。草抱团生长，它们不孤单。悲秋的人秋天看到草地枯黄，为它们的凋谢伤忧，以为草完活了。然而，青草在春天冒芽，从枯草的根里长出新绿。人想错了，草根本不会死，它活得也许比人类还长。如果没有火灾和人类的砍伐，所有的树木都比人长寿。草看人看到了孤单和荒凉，人穿着奇怪的衣服在旷野里行走显得没有任何本领，而所有草都裸露着绿色的身体。是的，人的本领要借助团体或网络。人冷热不宜，无法在旷野里站立一个冬天。孤立的人不通晓风的信息和土地的信息，如果他们出现在大地上，与周围格格不入。树木、云彩与河流都不是他的同类。在花朵、小鸟和青草面前，人显出丑陋，他们失去了自然赋予的美又创造不出新的美，他们的美丑观念只通行于人的文化，与天地无关。孤单的人在旷野里行走，坑坑洼洼的地面和树枝让他的手脚都不方便，飞鸟从头顶飞过，甲虫往树枝上端爬行。这些事让人感到茫然。

残雪是大地褴褛的衣裳

快到春分了，田野上一块一块的残雪好像大地的黑棉袄露出的棉絮。我小时候还能看到这样的棉袄。人们的棉袄没有罩衣，而棉袄的黑市布磨破了，钻出来白棉絮。这是很可惜的，但人没办法——如果没钱买罩衣就是没办法，打过补丁的棉袄比开花棉袄更显寒碜，打补丁的罩衣反而好看。

大地不穷，否则长不出那么丰饶的锦绣庄稼。然而秋天的大地看上去可怜，它被秋风杀过，草木有些死了，活着的草木守着死去的衰草等待霜降。那时候，地平线突兀出现，如一把铡刀，铡草、铡河流，只有几朵流云侥幸逃脱，飘得很高很远。春天里，贫穷的大地日见松软，下过雪而雪化之后，泥土开始丰隆，鸟儿在天空上多起来。昨天去尚柏的路上，见一片暗红的桃树刷着一米高的白灰，像一排穿白袜子的人等待上场踢球。桃树的脚下是未化的、边缘不整齐的白雪。这真是太好了，好像白雪在往树上爬，爬一米高就停下来。也像树干的白灰化了，流到地面上。这情景黄昏看上去格外好，万物模糊了，但树干和地上的白依然坚定。黄昏的光线在宽阔的蒲河大道上列队行进，两旁的树木行注目礼。黄昏把光线先涂在柏油路面上，黑色的路面接近于青铜的质感——如果可以多加一些纯净的金色，但夕阳下山了，让柏油路化为青铜器的梦想半途而废。夕阳不知作废过世上多少梦想。眼下，树枝几乎变成金色的枝状烛台，池塘的水收纳了不知来自何方的橘红的汤汁，准备把水草染成金色。屋檐椽头的裂缝儿如挂满指针的钟表，夕阳的光线钻入裂缝儿里，椽头准备变成铜。但太阳落山了，太阳每天都搞这么一出戏，让万物轮回。而残雪在夕阳里仍然保持着白，它不需要涂金。

春雪是雪的队伍中的最后一批客人。冬天的雪在北方的大地上要待几个月，春雪在大地只待几天。它飘飞的时候角翼蓬张，比冬雪的绒多，像山羊比绵羊绒多。雪趴在春天的大地上，俯耳告诉大地许多事情，谁也不知道这是什么事情。然后，雪就化了，失去了机密的白雪再在大地上拱腰待着显得不合时宜。它们随时在化但谁也看不到雪是怎样化的。没人搬个小板凳坐在雪边上看它化，就像没人坐板凳上看麦苗生长。人最没耐心，猫最有耐心但不干这事，除非麦苗能长出肉来。阳光让大地的白雪衣衫越来越少，黑土的肌腱暴露得越来越多。每到这时候我就想乐，这不算幸灾乐祸吧。我看到大地拽自己的前襟则露出后背，窘迫。白雪的大氅本是大地的最爱，原来打算穿这件衣服渡过三伏天的。在阳光下，大氅的布片越来越少，渐渐成了网眼服。每到这时候我就想变成一只鸟，从高空看大地是怎样的鹑衣百结，棉花套子披在大地身上，殊难蔽体，多好。鸟儿不太费劲就飞出十几里，看十几里的大地在残雪里团缩。雪的斑点在凹地闪光，隆起之处全是黑土。鸟儿鼻子里灌满雪化之后的湿润空气，七分雪味，三分土味。空气打不透鸟儿的羽毛，鸟儿像司令官一样边飞边观察大地上的围棋大战，黑子环绕白子，白子封锁黑子。大地富裕，这么多白雪愿意为它而落，为它的子孙，为了它的墒。帝王虽为尊贵，苍天为他下过一片雪么？

看早春去荒野最为适宜。所谓荒凉只是表象，树渐渐蜕去冬日的褐斑，在透明的空气里轮廓清晰。被环卫工人堆在柏油路边上的雪被春风吹成黑色的石片，如盆景的假山那样瘦透。这哪是雪啊，它们真会搞笑。

夜幕降临，残雪如海洋上的一块块浮冰，雪块在月光下闪着白光。这时候我又想变成鸟儿，飞到更高的地方俯瞰大地，把这些残雪看成星星。这样，大地终于有了星星，恢复了它原有的美丽。这景象正是我窗外的景象，夜色趴在土块的高处，积雪躲进凹兜处避风。盯着看上一会儿，雪像动起来，像海上的浮冰那样动荡。楼房则如一条船，我不费吹灰之力坐在船舱里航行。积雪在鸟儿眼里变成星星，一道道的树木如同黑黝黝的河流，像流过月亮的河。鸟的飞行停不下来，到处都有残雪。如果一直向北飞，残雪恢复为丰腴的雪原。呼伦贝尔的雪五月才化。

大地穿碎了多少件白雪的衣衫？春天把白色的厚冰变成黑色的冰淇淋，褴褛了白雪的衣衫。地上的枯草更加凌乱，根部长出一寸绿，雪水打湿的枯草转为褐黄。残雪要在春暖之前逃离大地，它们是奔走的白鹅，笨重地越过沟坎，逃向北方。残雪的白鹅翻山越岭，出不了一星期就会被阳光捕获，拔了毛，在春风里风干。

三月的预言

古希腊底比斯城邦的盲人先知提瑞萨斯手执圣杯，做出许多预言。时间太久，人们忘记了拿现实与他的那些预言相对照，没验证他说得准不准。然而该发生的事，不管有没有人预言，全都发生了。

在春天，人们会看到许多预言。我在蒲河岸边走，见到一棵柳树同其他柳树一样还没有返青。但这棵树有一枝柳条青了，树皮比其他柳枝更鼓胀。它与未青的柳枝一起在微风里晃动，显得惹眼，仿佛一盒白火柴中躺着一根绿火柴。它的枝条往南岸摇动，如同指路。不用问，蒲河南岸一定有事发生。

到南岸，没发现这与地球其他地方有什么异样。泥土、树和草均平凡，也没发现白狐狸在树上坐着。往前走，见到一片好桃花。这是新栽的桃花，四五十棵，树干约有拇指粗，全都开花了。幼小的桃树开花，如同早恋，但更像小孩儿奔跑。它的细细的枝上缀着更小的花蕾，都未开，但全打骨朵了。这些带骨朵的桃枝在风里晃，像合唱队员吟唱时那样晃身子。这是什么意思？我想它们在骄傲吧？是的，它们每一棵树都在骄傲。这些小桃树有可能第一次开花或第一次在蒲河岸边开花，喜不自胜，于风中摇晃得意。用陶渊明的话说，乃是“黄发垂髫，并怡然自乐”。陶渊明“并”字用得好。在桃花源这个好地方生活，黄发者与垂髫者都已很好，但陶渊明在他们的好之外，看出他们怡然自得的好。这是两样好，所以“并”之。我的小桃树的花朵都没完全开放。对，你们是小孩儿，让着大人点儿，让他们先开。他们开着开着就开累了，就二线了。你们上阵适逢其时。这些小蓓蕾让我想起了糖葫芦。它们好像是拿树枝在糖水里蘸的小蜜疙瘩。一串儿一串儿，数不过来。河北岸的柳枝预言得很准，如瞿秋白说“此地甚好”。

初春天的许多事情在冬末见不到，出现了就像一个预言。头几天，一只橙色的七星瓢虫趴在我家北窗台上。它是怎样来到的这里？是风吹来的吗？风从树上（树离窗台还有十几米远）把瓢虫吹到了窗台上？或者它们从一楼爬上了三楼的窗台。瓢虫安静地——我不知用坐还是趴或蹲来形容瓢虫此时的状态——待在那里。即使你想招待它，用小米或清水，它都不需要。过了一会儿，它还在那里，没被风吹走，也没去其他地方。它想预言什么呢？我埋怨自己没有瓢虫的脑筋，不然完全可以破解它的预言。第二天，瓢虫没了。我观察它趴过或蹲过或坐过的窗台，看留下什么字或迹象没有，没有。但我从这里往下看，一株桃树（又是桃树）露出棉絮般的花苞。明白了，瓢虫预言这棵桃树要开花了，就在我家北窗下面。我搬进这座新房子已有五个月，都不知窗下有桃树，而且是两棵，都是小桃树。以后，办什么事要上窗台看一下，听取瓢虫的意见。可是，它好多天没来了，到别人家预言桃花去了，我觉得它预言不过来，桃树太多了。我觉得它不如改行预言股票之涨落，这个事时髦。

在西方的传说里，预言者多是盲人，眼睛看不到的人心里清晰。现代物理学认为时间可能也是不存在的。未来发生的事情或许为某些禀赋异常者察觉，即被他（它）提前看到了。他（它）并不能改变这些事，只是看到。按物理学的解释，说提前看到也不对。既然没有时间，事物就没有先后。我以为那些先知先觉者都是不幸的，一则没人相信他（它）的预言。多数人只相信时间，把时间跟事实绑在一起，所以不相信有人能看到未来的事。二则，已经发生的事如果是好事，人们认为跟预言者无关。三则，人们嫉妒预言者竟然可以置身于未来之事的现场，这是僭越。其实，预言者也只是个旁观者，只是观早了。

有人对未来之事具有预先的觉知，但不会提前说出来。他们知道，必然发生的事一定会发生，说有何益？不如来说一说春天。田野上的电线上站着一排鸟儿。我走近，看到三只鸟儿站在一起，另一只单独站在一边。这情景的预言是什么？差一天就到四月了吗？我算了一下，今天是三月三十日，是的，再过一天就进入四月这个艾略特所说的残忍的季节了。鸟儿连这个都知道，看来人上学真没什么用。但是，围绕松树的土坝露出新鲜的黄泥预示什么？迎春花的花蕊全都向下预示什么？喜鹊在枝头拍翅，仿佛要拍掉它翅上沾的面粉，野菜比青草先出来是方便那些踏青者撅着屁股来挖吗？开白花的桃树和开粉花的桃树站在一起是因为什么？春雨不再渗入地面，地面潮黑是在预示什么？春天已经切实来到，在土里雨里花里鸟和虫里，我都学会了预示。

PART 2／夏天 · 水墨篇

夏夜深邃。

如果夜是一片海，

夏夜的海水最深，

上面浮着星星的岛屿。

在夏夜，许多星星似乎被海冲走了。

不知从哪里漂来新的星屿，

它们比原来的岛屿更白净。

▶

立　夏

立夏是二十四节气中第七个节气，至此辰月终结，巳月起始。“斗指东南，维为立夏。”人地在立夏这一天告别春天。但我昨天还忙于到田野偷土，到市场买秧苗，忘记了告别春天。

春天最后的花衣在立夏已然脱去了。园区里黄色的鸢尾花消失了，京桃树和李子树的粉花红花凋落，连树下的残花也看不到了。开花的树们换上了绿衫，安静地缔结小果子。孕育中的母亲们都很安静，此时再开一遍花就不成样子了。古人称立夏这一天“天地始交，万物并秀”。古人动辄把天地挂在嘴边，他们缺少现代物理学与天文学知识。天地怎么会在这一天始交呢？你看到了吗？姑妄听之。“万物并秀”却是真的。植物在立夏这一天没长叶子就不要再长叶子了，就像高考虽无年龄限制却见不到太多老年人参加。带叶子的植物在立夏全都长齐了。昨天，园区里突然起了雾，是真雾，而非霾。真的晨雾洁白、晶莹，有山林的湿气与香味。雾如纱一样，霾如粥一样。雾的轻纱罩在树后面，阳光慢慢掀开纱帘，露出带着水痕反光的绿叶。雾笼罩绿树的时候，为树叶清洗喷雾，让它们在雾气缭绕中重新登场。自然界有自己的游戏。立夏前后，大地一下稳住了。树叶都长上了树梢，就不在土里闹了。立夏的大地极为安详，春天的繁花胜景全体变身，仿佛大河穿越险滩进入平稳的河道。立夏的时候，树叶在微风中飒飒，仿佛在说“立夏，立夏”。

就今年的立夏而言，天空有雨。雨丝恍如飘在南方的田野，它们织了一层又一层的帘子，挂在两棵树之间，挂在前楼和后楼之间。往远处看，田野上的草丛蹲在白色的雾团里，其实是在雨里，而打开窗户竟听不到雨声。我确信天在下雨，走到阳台上伸出手掌，雨丝用冰凉的小手纷纷与我相握。我摊开手掌看，掌上落着小小的雨滴，只有小米粒的十分之一大。我们这里要变成南方了，改革的力度势不可挡。如果连着下几年这种样子的小雨，人的口音会变为吴语区，呢呢侬侬，脸色也会白一些。

立夏里，所有的枝头都爬满了绿叶，枝头顶端的叶子像猴一样四外瞭望，看夏天来没来。立夏的草地沾满了露水。我每天早上在草地里行走，草地在立夏前才有露水。说露水如说一种幻象，它是远远的、草地射来的一瞬而逝的钻石般的光，这是露水的光。蹲下看，却看不清露水在哪里。走起路，露水又在远方的草地刺你的眼睛，它永远在远处。不光草叶结露水，露水也结在小小的蛛网上。蜘蛛在雨帘草叶之间结一张巴掌大的网，上面沾满了细雾般的露水，使蛛网白得如一小片塑料布。蜘蛛不愿暴露它的网，但露水告了密。树叶长满枝头之后，风好像小了，至少风速比过去慢了。树干不动，树的梢头在风里缓缓摇动，好像刚刚起飞的小鸟蹬得树枝乱摇。

江南的雨在沈北的天空不紧不慢地飘落，它们没发现这里不是江南，我也没提醒它们，不要多嘴。看窗外看不到雨，盯着对面楼房黑色的玻璃窗，能看到细密的雨丝斜着落地，这不就是江南吗？鸟儿们在空中飞，城堡般的灰云在天幕上站立行走。这种样子的云跟江南的云还是不一样，好像还停留在奉系军阀阶段，如此吹胡子瞪眼的奉系云怎么能下出江南的雨呢？我不明白的事情越来越多了，百度也不会告诉你真相。

立夏了，大地铺满了绿草。细看，草里边还有更小的草。这些小草立夏刚长出来，它们避开了春天的寒气。这些小草比春天的草更干净，雨和露水为它洗了很多遍。跟这些小草比，野菜已经老了。刚进夏天，野菜松散贴地的叶子现出灰绿。在草里，浅颜色是青年也是幼小的标志。人类的孩子也比大人白，包拯儿时也很白。

立夏把夏天立在大地，还立什么呢？树枝摇摆，像浪头向岸上扑过来。鸟群飞过天空，人仰面看到一个个十字飞过头顶。它们翅膀的宽度比头与脚的长度宽许多。鸟类打开翅膀如伸出两把横刀，把空气割得像凉粉那么薄。这些被收割的空气落在树上，吓得树枝左右摇晃。立夏的夜晚散发芬芳，你想说这是草木的香气。事实上，草木气息里还夹杂着更神秘的、勉强可以称之为香的气味，它是夏的气味。立夏之后，大地染上了这种香气，白天似有若无，在夜里气味变得明亮，像夏夜的星星一般明亮。

初　　夏

初夏羞怯地来到世间，像小孩子。小孩子见到生人会不好意思。尽管是在他的家，他还是要羞怯，会脸红，尽管没有让他脸红的事情发生。小孩子在羞怯和脸红中欢迎客人，他的眼睛热切地望着你，用牙咬着衣衫或咬着自己的手指肚。你越看他，他越羞怯，直至跑掉。但过一会儿他还要转回来。

这就是初夏。初夏悄悄地来到世间，踮着脚尖小跑，但它跑不远，它要蓬蓬勃勃地跑回来。春天在前些时候开了那么多的花，相当于吹喇叭，招揽人来观看。人们想知道这么多鲜花带来了什么，有怎样的新鲜、丰润与壮硕。鲜花只带来了一样东西，它是春天的儿子，叫初夏。初夏初长成，但很快要生产更多的儿子与女儿，人们称之为夏天。夏天不止于草长莺飞，草占领了所有的土地，莺下了许多蛋。夏天是一个昏暗的绿世界，草木恨不能长出八只手来抢夺阳光。此时创造了许多阴凉，昆虫在树荫下昏昏欲睡。

然而初夏胆子有点儿小，它像小孩子一样睁着天真的眼睛看望四外。作为春天的后代，它为自己的朴素而羞怯。初夏没有花朵的鲜艳。春天开花是春天的事，春天总是有点儿言过其实。春天谢幕轮到初夏登场时，它手里只带了很少的鲜花。但它手里有树叶和庄稼，树的果实和庄稼的种子是夏天的使命和礼物，此谓生。生生不息是夏天之道。

初夏第一次来到世间，换句话说，每一年的初夏都不是同一个夏天，就像河流每一分钟都不是刚才那条河流。在老天爷那里，谁也不能搞垄断。夏天盼了许多年才脱胎到世间，它没有经验可以利用。往年的夏天早已变为秋天与冬天。夏天的少年时光叫初夏，它不知道怎样变成夏天。每当初夏看一眼身边的葱茏草木都会吓一跳，无边的草木都是奔着夏天来的，找它成长壮大。一想这个，初夏的脑袋就大了，压力也不小。初夏常常蹲在河边躲一躲草木的目光，它想说它不想干了，但季候节气没有退路，不像坐火车可以去又可以回来。初夏只好豁出去，率领草木庄稼云朵河流昆虫一起闯天下，打一打夏天的江山。

初夏肌肤新鲜，像小孩儿胳膊腿儿上的肉都新鲜，没一寸老皮。初夏带着新鲜的带白霜的高粱的秸秆，新鲜的开化才几个月的河流，新鲜的带锯齿的树叶走向盛夏。它喜欢虫鸣，蛐蛐儿试声胆怯，小鸟儿试声胆怯，青蛙还没开始鼓腹大叫。初夏喜欢看到和它一样年轻幼稚的生命体，它们一同扭捏地、热烈地、好奇地走向盛大的夏天。

人早已经历过夏天，但初夏第一次度夏。它不知道什么是夏天，就像姑娘不知道什么叫妇人。这不是无知是财富。就像白纸在白里藏的财富、清水在清里藏的财富，这是空与无的财富。人带着一肚子见识去了哪里？去见谁？这事不说人人都知道，人带着见识与皱纹以及僵硬的关节去见死神，不如无知好。如果一个人已经老了，仍然很无知，同时抱有好奇心与幼稚的举止，这个人该有多么幸福。只可惜人知道得太多，所知大多无用，不能帮他们好好生活。

初夏走进湿漉漉的雨林，有人问它天空为什么下雨，初夏又扭捏一下，它也是第一次见到雨。这些清凉的雨滴从天空降落，它是从喷壶还是筛子里降落到地面？天上是不是也有一条河？初夏由于回答不出这些问题而脸红了，比苹果早红两个月。

初夏跑过山岗，撞碎了灌木的露水。它在草地留下硕大的脚印，草叶被踩得歪斜。初夏的云像初夏一样幼稚，有事没事上天空飘几圈儿。其实，云飘一圈儿就可以了，但初夏的云鼓着白白的腮帮子在天空转个没完，还是年轻啊。你看冬天那些老云窝在山坳里不动弹，动也是为了晒一晒太阳。初夏的云朵比河水汹涌。大地上的花朵才开，大地的草花要等到夏天才绽放。开在枝上的春花像高明人凭空绣上去的，尤其梅花，没有叶子的帮衬。而草花像雨水一样洒满大地，它们在绿草的胸襟别上一朵又一朵花，就像小姑娘喜欢把花朵插在母亲的发髻上。

初夏坐在河流上，坐在长出嫩叶的树桩上。初夏目测大地与星空之间的距离。它寻找春天剩下的花瓣，把它们埋在土里或丢在河里漂走。初夏藏在花朵的叶子下面等待蜜蜂来临。初夏把行囊塞了一遍又一遍，还有挺多草木塞不进去。要装下这么多东西，除非是一列火车。

七月有权利炎热

七月有权利下小雨、大雨和暴雨。野草在汪洋中露出绝望的头颅，它的手在积水里写了无数个水字，却没一个字浮出水面。七月悬挂着骄阳的火炉，把土壤晒得开裂，蚂蚁得到纵横四海的地道。野蜂在七月结成网，吮取所有植物的花粉，让大地变成蜜地。野蜂改变了七月份每一个早晨的气味，在青草的苦味和河流的腥味里加入透明的甜。空气如同黏稠的旋涡，不知去哪一棵树上结晶。

七月在每天的傍晚都戴上玫瑰色的草帽子，帽檐宽至天际。地上的花朵与西山的晚霞共同跳一支舞。它们的舞步在风里燃烧，草帽里露出窟窿，露出隐藏在里边的星星。

七月醉了三十天，野草乘季候之神的醉意占领所有的领地。在七月，野草不再向上生长，草尖垂下来，野草张开臂膀霸占更多的土地，草叶变宽，贴在地面延伸。草的容貌气质在七月变野了，成了从千里之外跋涉而来的流浪汉。它们黧黑、粗犷。被暴雨冰雹冲刷过的野草的生命力在此达到最高点。

七月有雾，河上的薄雾如云母一般空灵，离河三尺，不高不低，为河流里的鱼搭了一条羊毛的毡棚。雾是迷路者，雾是夜里跑出来玩耍却找不到家的精灵。阳光出来后，雾忘了应该从哪一道山缝儿走回去。山在夜里昼里的模样完全不一样。雾游荡，它们不会飞，不会像水流一样潜地，兀自让风吹着游走，不高不低，像山腰的、白桦林的、河流的纱巾。七月，雾的纱巾在每一棵树上都做了记号，围着松鼠的尾巴绕过三圈儿。雾让树林变成了舞台，雾慢慢拉开幕时，树的合唱队员已经排好了队形。

七月电闪雷鸣，乌云如同江底的淤泥压塌了天空。天所降者不光有雨，还有天堂的溪流、天堂屋檐的冰凌、天堂草地与小路上的积水。庄稼喝到这些水并体会到天意。天意无非好生，生生不息。在七月，雷霆把天空炸裂。从天上看，雷把天炸开无数裂纹，像碎鸡蛋一样，流出闪电的蛋黄。七月雷声的嗓门最大，回声千里。天神看到被闪电击中起火的森林在大雨中燃烧。七月之中，天下所有河流都增加了一倍的水。丰满混浊的河流在河床里游荡，如浴后久久不穿外衣的肥胖妇人。

野草俯身大地，流星找不到降落的地点。七月的夜空比春夜更深邃，春夜的天空仍然结冰，星斗和月亮的影子从冰层照射过来，看上去模糊清冷，比夏夜多了一重蓝屏风。七月的夜空是天海的深底，星星、星宿与星座是游鱼、珊瑚和没有马的马车。这时候，天空的海底渐渐变暖，生物密集，潮汐剧烈，七月的夜常常因此下一场雨。人们在地球上见到的月亮其实隔着天空的海水。由于水对光的折射作用，月牙儿显得纤瘦、白净。在无事的后半夜，月牙儿躺在摇椅上睡到天亮。

蚂蚁在七月长大了一倍。春天蠕动的小蚂蚁长成了大黄蚁和大黑蚁，气势汹汹。老天爷怂恿所有生物在七月变得理直气壮。蚂蚁像螳螂一样凶恶，青蛙像黄狗一样狂吠，雨水毁坏道路，乌鸦的翅膀扇来了暮色。七月，生长的势力最大，树在风中模仿庄稼拔节，“咔嚓”的声音惊醒了鸟梦，七月是蛮横的兵勇，他们手持滚石檑木，打碎所有妨碍生的路障，一日千里，如群山驮走太阳。

七月有权利炎热，阳光的轧道机从天上滚下来把麦地轧一遍，或两遍，让不熟的种子全部成熟。金黄的麦浪起伏不定，保留了轧道机的痕迹。七月有权利号召大雨滔天，被阳光晒死的虫子所产的卵在潮湿里新生。每一种生物在七月都得到一份生的份额，不止巨蟹，万物于此皆生。

七月的晨雾如牛奶泼在草地上，河水用颤动仍然摆脱不掉玉米叶子的倒影。昆虫在七月彻夜歌唱，它们爬过每一寸大地，熟悉每一株草。七月任性，七月压抑不住自己的热情，七月水灵，七月是六月后面那个月，比八月清新一个月，它长胖了夏天的腰。

雨下在夏至的土地上

到了夏至，雨水不再是陌生人，它们像投奔故乡的游子，踩着云彩回到夏至的土地上。

夏至，雨的声音大过河水声、庄稼拔节声、蛙声。雨说给土地的话，要在夏至这一天一夜说完，土地根本没有插话的机会。对雨水而言，春秋冬三季造访土地只算做客，夏至才回到自己的家。

草毛了，从春天开始，草在雨水的定额里断断续续生长，属于计划经济。而至夏至，草逢豪雨，尽情挥霍，一边喝一边生长，还有余裕的水分洗一洗脚丫缝儿的泥。水有的是，草在风里甩去袖子上的水。白天，城里的草呆观街景，在夜里像冲锋一般疯长。才几天，街边公园的草已经高到让沈阳的老爷们儿站在其中撒尿了。以往如城堡一般的云朵全向夏至投降，化为宽大的灰筛子筛雨，减轻天空的重量。

二十四节气里边，夏至是第十个节气。公历 6 月 22 日前后，太阳到达黄经 90° ，此为天文学之夏至点。这一天，按照旧学说法，阳气极致，阴气始至，太阳北至。夏至之时好像十二时辰中的午时，十一点至十三点，阳鼎盛而催阴生。这个月，属十二生肖的午马当令，奔腾暴烈，下点儿雨只是小意思。卖弄一点儿中医学说，午时或者夏至，归于十二正经中的心经。心为火脏，刚烈蓬勃。火与心、马与午、夏与阳，都说生机勃发之至，乃至夏至。

雨下之不够，始于夏至。雨从春天开始一天天降价，像姑娘变成妇女。春雨因播种而贵，到夏至，雨回归大众，为野草榆树赖毛子青蛙蝌蚪下到冒泡。该长的全长出来，青苔亦随之厚泽，每一寸土地都长出植物。至于花，开遍了城乡大地。雨水充沛，花是草木对天的谢忱。大地无所有，聊寄一枝花。河南的唢呐曲牌，一曲名为“一枝花”。

《素问》曰：“心主夏。”养心的人于夏宜安，食苦味，助心气。对大地来说，心是生长，是让所有的植物尽性勃发。如果有什么东西到了夏至还没长出来，就永远长不出来了。

雨下在夏至的土地上。

大地母亲一手拢过雨水的子女，一手拢过草木的儿孙。这时候，大地最高兴，像看见满院子孩儿乱跑，天真无比，比秋天的成熟还好看。

夏季从阿龙山开始

一位在卢旺达做过“赤脚艺术家”的美国作家泰丽·威廉斯在她的书《沙漠四重奏》中说“风——说出这个字，有一小股微风从你嘴边送出。对着一根点燃的火柴说出这个字，火焰就会熄灭。”

今年夏天，在呼伦贝尔草原上，我天天遇到风的拥抱。我什么也没说，风已经把我的头发捋到后边。到草原，你迎接的是无边的绿色，迎接你的是风。当绿色满目，我们忘了透明的风。风拂过你的耳垂，翻你的口袋，把女人的裙子变成长裤的样式。清晨的风湿润文静，是吹排箫一般轻轻的气息，风里有一些白雾。傍晚的风如同散步的人，像水从高地流入一个宽阔的池子，向四面八方散去。草原的夏季风不生硬，不冲撞门窗。它们像歌声一样韵律整齐，风中带着太多的树的、草的河流的体香，因而不粗暴。城里的风——夏季常常没有风——会突然冲进屋里，门窗叮咣，强盗也不过如此，或者像贼，偷偷地溜进来。城里的风没有衣裳，没有树与河流的生命气息，它们是被工业化激怒的发脾气的人。

我在草原的风里感受流动，感受这些风穿过了一万片树叶之后吹到我的前额上，稍作停留，再赴远方，这与生命或时间的生长与流动是一样的。如果有人不知道什么叫时间，让光溜溜的风吹过他的脸和手臂，他就知道刚才路过他皮肤的轻微的抚动就是时间。风走了，它像时间一样永无停留。去了谁也不知晓的地方。世上有那么多椅子，体育场空着数不清的白色台阶，但时间与风从不在上面坐一会儿歇一歇。谁也没见过坐在路边歇息的时间。今年夏季，我常常想起泰丽·威廉斯说的话——“风，说出这个字，就有一小股微风从你嘴边送出……”接着，我感到风从四面走过来，它们手拉着手。如果在傍晚，能猜出这些风带着微微的笑容。我曾经划亮一根火柴，对它说——风，声音再大一点儿——风！看威廉斯的咒语灵不灵。火苗依然袅娜地燃烧着，我用英语说——就像泰丽·威廉斯当年说的——Wind，英语也没管事，因为这是中国风，或者叫从大兴安岭吹过来的呼伦贝尔风。

阿龙山是根河市的一个镇，在大兴安岭腹地，镇内有三十万公顷林地。在这里，我没见到阿龙山，但登上了奥克里堆山，山顶有古冰川遗迹。我们去过的地方还有蛙鸣山和鹿鸣山，这两座山均有一块飞石矗立。我对石头长得像什么没兴趣，各地都有一些智障者为当地的石头起名，问游客这石头像不像某某？好像帮助患失忆症的游客恢复关于人间的记忆。我喜爱植被，如果每一棵树、每一株草都是人，我在根河已见过了成千上万的人。他们青翠、干净、洁身自好；他们安于本分，满意于自己安居一隅。在云彩的影子和雨水下面，我觉得草木都发出了笑声。恍惚间，我似乎看到青草与树正发出意味深长的微笑，虽然我找不到他们的面孔。没有面孔的植物用整个身体来笑。风来，草的腰身和叶子前仰后合，好像拔腿去一个地方；又犹疑了，尔后再往前走。他们拉着其他草的手，揽着它们的腰，哈哈大笑，笑得前仰后合。我想跟它们一起笑，却怕笑声太突兀。荒野里传出人的“哈哈”的笑声似不妥当。草的笑声是“唰唰”，树的笑声是“飒飒”，“哈哈”显得愚蠢，但人的声带也只能发出这么一种声音，人还没进化到草的程度。

我在阿龙山的树林里行走。如果说阿龙山一无所有的话，它没有的只是高楼大厦、超市和雾霾。这里盛产树和草，树长在了山上的每一寸土地上。从山顶看过去，只有河流和公路没长叶子，不绿。再往前看，村庄中有一个养狐狸的饲养场，几百个长方形的笼子像棺材一样横置在饲养主面前，其余地方都被树木覆盖。树和树在这里相遇，就像人和人在超市里见面一样，只不过树不推购物车。山上长满原始次生林，由于多年禁伐，这些树形成了森林的样貌。在山上，我见过一株老死的树，我特别高兴，围着这株树看。别人奇怪于我的兴奋，我说，我从小看到的树都不幸变成了木头，之后变成家具、房梁、窗框、斧把和马勺把，高雅的存在是琴的音箱。它们是在生长中被伐掉剖解的树，永久性地离开了树根和绿叶。我所看到的另一些排成行、长树叶的树也不过在等待砍伐，就像我看到的羊肉和羊群一样。我看过唯一的老死而不是被砍死的树，是在四川海螺沟风景保护区。在阿龙山看见了第二棵老死的树，我当然高兴，就像我见到一位百岁寿星而高兴一样，不一定他非是我爷爷才高兴。这株寿星树倒向山下，一部分泡在溪流里。它的直径约有七十厘米粗，已经腐朽了。看这株树，顶算看到了它肚子的解剖图，最里层的树心已朽掉，树干变得像一条长长的独木舟，树干外层还很坚硬。独木舟可能就是这么来的，一棵老树死后还能变成船，这个能耐为人所莫及。人死后也是内脏先烂，但外壳连个口袋都做不成，人的用处都体现在活着的时候。这棵大树没被抬到河边当船用（太沉），它的树皮结着几钱厚的苔藓，有的苔藓开着针鼻大的小黄花。树的肚子里被风刮进土壤，长出了草和小指粗的新树。树身的蛛网上挂着蜘蛛的膏粱厚味，这是一些昆虫的肥硕尸体，蜘蛛不要吃太胖才好。

在树林里走，从树叶声即知风大风小，但弄不清风从哪个方向吹来。我觉得，所谓风是树叶的教员，它一来，树叶纷纷拿出课本朗读，朗读声连成含混的一片，此起彼伏。你看那树叶在枝上簌簌翻动，分明是书页翻动。树叶读书，读的一定是大自然的诗，像惠特曼的《草叶集》，朴素浩荡。

哗——，哗——，树叶的响声越来越大。我想像树叶们——山杨林、蒙古栎树、白桦树的叶子——一起朗读德博拉·迪吉斯的《美洲梧桐》，这首诗见于这位在大学执教的美国女诗人的诗集《高空秋千》。诗的结尾处写道：“美洲梧桐今晨几乎空无一叶。/ 它们白色的肢体高高矗立于十一月蔚蓝的云霄 / 仿佛它们已被主召回，经过 / 古希腊彩色棺木 / 经过着火的房子，经过漂向岸边的 / 沉船，经过上了锁的 / 门，像下一生的树 / 在这里，沿着这山脚 / 和它们无数的硕大的捋不平的落叶。”

我在心里默念这首诗，树用树声为我伴奏。在无边际的树里，我突然想到一个词：夏天。是的，今天是 6 月 22 日，现在是夏天了。对我来说，今年夏天从阿龙山开始。

仲　夏

夏天好似乐曲里的中板，它的绿、星斗的整齐和蛙鸣呈现中和之美。夏日与夏夜的节奏匀称，它的织体饱满。夏天的一切都饱满，像一池绿水要漫出来。庄稼和草都在匀称之间达到饱满。夏日的生命最丰富，庞杂却秩序清晰。生命，是说所有生灵的命，不光包括庄稼和草，还有几千种小虫子。有的小虫用一天时间从柳枝的这一端爬到那一端，而它不过活十天左右。小虫不会因为一生只有十天而快跑或慢爬，更不会因此哭泣。每一种生物对时间的感受都不一样，就像天上神仙叹息人生百年太短，而“百”和“年”只是人发明出来的说辞。小虫的时间是一条梦幻的河流，没有“年月日”。命对人来说是寿，对小虫来说是自然。虫鸟比人更懂缘起情空的道理。

夏天盛大，到处都是生命的集市。夏天的白昼那么长，仍然不够用。万物借太阳的光照节节生长。老天爷看它们已经长疯了，让夜过来笼罩它们，让它们歇歇。有的东西——比如高粱和玉米，在夜里偷着“咔咔”拔节，没停止过生长。这是庄稼的梦游症。在夏日，管弦乐队所有的乐器全都奏响。闪电雷鸣是打击乐，雾是双簧管，柔和弥漫，檐下雨滴是竖琴，从石缝儿跳下来的山泉水也是竖琴。大提琴是大地的呼吸，大地的肺要把草木吸入的废气全吐出来。它怕吓到柔弱的草，缓缓吐出气。这气息在夜里如同歌声，是天籁地籁人籁中的歌声。

许许多多的草木只有春天和夏天，没有秋天，就像死去的人看不见自己墓地的风景一样。草不知何谓秋天，它对秋天等于收获这种逻辑丝毫不懂，这是人的逻辑，所说都是功利。

夏日是雨的天堂。雨水有无数理由从天空奔赴大地，最后无须理由直接倾泻到大地上，像小孩儿冲出家门跑向田野。雨至大地，用手摸到了它们想摸的一切东西。雨的手滑过玉米的秸秆和宽大的叶子，降落到沉默的牛的脊背上。雨从树干滑下来，钻进烟囱里，踩过千万颗沙粒，钻进花蕊。雨没去过什么地方？雨停下来，想一想，然后站在房顶排队跳下来。它们在大地造出千万条河流，最小的河流从窗户玻璃流下来，只有韭菜那么宽，也是河流。更多的雨加入河水，把河挤得只剩一小条，拥挤的雨水挤塌了河岸，它们得意地跑向远方。太阳出来，意思说雨可以休息了。雨去了哪里？被河水冲跑和沉入泥土的雨只是这个庞大家族的一部分子民，其他的雨回到了天空。它们乘上一个名为“蒸发”的热气球，回到了天上。它们在空中遇到冷空气，急忙换上厚厚的棉衣。那些在天空奔跑的棉花团里面，隐藏着昨夜降落在漆黑大地上的雨水。

夏夜深邃。如果夜是一片海，夏夜的海水最深，上面浮着星星的岛屿。在夏夜，许多星星似乎被海冲走了。不知从哪里漂来新的星屿，它们比原来的岛屿更白净。

夏天流行的传染病中，最严重的是虫子和青蛙所患的呼喊强迫症。它们的呼喊声停不下来，它们的耳朵必须听到自己的喊声。这也是老天爷的安排，它安排无数青蛙巡夜呼喊，听上去如同赞美夏天。夏天如此丰满，虫与蛙的呼声再多一倍也不算多，赞美每一棵苹果和樱桃的甜美，赞美高粱谷子暗中结穗，花朵把花粉撒在四面八方。河床满了，小鸟的羽毛干干净净，土地随时长出新的植物。虫子要为这些奇迹喊破嗓子，青蛙把肚子喊得像气球一样透明。

小　满

节气到了小满时分，荒野长满了青草。寂静的耕地长出一层比青草颜色更浅的禾苗。

夏天的河流挤满了大地的河床，这是茂密的青草和树叶。能插进脚的泥土上都长满了植物，再想生长的花草只好等待明年。春天走远了，初夏也走远，小满揭开了盛夏的帷幕。植物的童年与青少年时期已经远去。蒙古栎树的叶子已长到最宽，柳树细长的叶子也长到最长。所有的植物都褪去了童年的嫩黄，野草和树叶在小满时节进入了成年。与它们对话要用跟成人对话的口气，如“野草君、柳叶君”。草木的光阴就是这么短，被风吹吹，被雨浇浇就成年了。它们未必愿意长这么快，只是秋天不允许草木怠倦，那是它们生命的终点。草木是怎么知道世界上有秋天的呢？是谁告诉它们夏天之后是秋天，然后是万物肃杀的冬天？渺小的青草竟知道自己的大限，人却不知道。

田里的玉米苗有十厘米高，它的两片叶子如人伸出食指和拇指形成的八字。七十年前，谁若在别人面前做出这样的手势，则证明自己是八路，不好惹。但做这样手势的人多是土八路或假八路，真八路成建制屯于陕北，彼此用不着做手势。玉米的苗儿在褐色松软的土里纷纷做出八字手势。今年雨水好，假如春旱，这时节八字还出不来一撇。庄稼的苗有行距和间距，像有人在一大幅土色的纸上习字。字不大，占的地方不小。这么宽敞的地方，如赏给青草，它们早就长出一窝蜂了。青草一定觊觎玉米的地盘，但青草长上去就被拔掉。这叫农业，懂不懂？这一块田的四周，有无数青草趴在地头看玉米生长，跟看球赛差不多。玉米苗舒展腰身，八八八，一看就是体制内的人。

小满里，树叶子已长得密不透风。风从树里穿过，无数树叶为它们打开关上绿门帘子。从树下往树里看，什么都看不到，叶子里边藏着更多的叶子。在沈北的空旷的大道两旁，栽种着杨树、槭树、国槐、丁香、银杏和松树。乔木膝下是连翘，甚至有绵延几千米的玫瑰花丛。我跑步经过这些地方，不禁赞叹国家真有钱啊。开得嘟噜一串的玫瑰花在无人的大道上散出浓烈的香气。我闻到一小部分，其余都被风吹走了。路上偶有汽车驶过，但没人停车闻闻再走。小满是节气里的富人，它应有尽有，雨水、草木、花香全堆在了夏天。跟小满比，立春和春分都是流浪汉。

我印象中的鸟啼多在早晨和傍晚，而小满时节有一种鸟从早上叫到晚上。它不仅在树上叫，还在房顶叫。边飞边叫——布谷，布谷，声音传得很远。每当它叫“布谷”，我在心里说“地早种完了”。它又叫，我再说一遍，但我发现终于拗不过它。在旷野，我高喊“地——早——种——完——了”！布谷鸟照样淡定地说布谷、布谷。它有强迫症，我也有。有一天，我终于不在心里絮叨——地旱种完了，我悟出，除了“布谷”，它不会发别的音。从小，它妈只教这一句话，伊竟说了一辈子。布谷鸟又名杜鹃，古人送它的名曰子规，爱把蛋下到别鸟的巢里。它的啼声如木管乐，共鸣好。我听到林里传来的“布谷”则揣摩它的口形，它是怎样模拟双簧管的音色呢？“布谷”实为“嗷呜”，跟粮食生产和农村经济都无关切。它在中国、朝鲜、丹麦、挪威都这么叫，不理会当地人的语言。中国人愿意把它听成布谷而不是复古，民以食为天。布谷在音阶上差二度，如“咪哆”，似一首乐曲的起句。起句一般规定着旋律的走向。挪威作曲家约纳森的《杜鹃圆舞曲》的起句即模仿杜鹃的叫声而非模仿它下蛋。“咪哆，咪哆，咪索索咪哆咪来”，发展成了一首曲子，多合算。因此，我听到空中的“布谷”时，心里亦接续“咪索索咪哆咪来”，比“地旱种完了”高雅一些。

小满青蛙叫，这是就我住的地方而言。楼前有树，树后有彩钢板。彩钢板后面是啥不知道。傍晚传来青蛙的合唱。青蛙的叫声既非独鸣，也非颤音。呱——好像它舌头是折叠的音囊，又像它在吹一个大泡，还像用小槌划过搓衣板，呱——。青蛙叫得好，渲染田园静谧，使星星看上去白净。呱——。假如布谷鸟学会青蛙的唱法，变成“呱谷——”，也很动人。

小满的风是夏季的热风，干燥疾猛。阳光照下来跟盛夏一模一样，晃得人睁不开眼睛。清晨，石板上已有露水。草叶里藏着针一样的露珠和光芒。地里的庄稼和青草满了，树上的树叶也满了，天空上云彩也满了。

铁皮屋顶上的雨

雨的脚步不齐，永远先后落在铁皮屋顶上。铁皮屋顶是我家窗下的一百多米长的自行车棚的棚顶，里面有二十多辆自行车，一半没了鞍座与轱辘。

自行车棚顶上的铁皮涂绿漆，感觉它特招雨，也许云彩下雨正是因为相中了这个铁皮车棚。

听雨声，雨滴的体积不一样，声音就不一样。大雨滴穿着皮靴，小雨滴连袜子都没有，人字形的铁皮上的雨滴打滑梯滑到边缘，变成水流儿。

雨滴落在芭蕉叶、茄子叶、石子和鸡窝上的声音不一样。有一年，我在太行山顶峰的下石壕村住过一宿。开门睡觉，雨声响了一夜。我听到从瓦上流进猪食槽里的雨水如撒尿。而雨落在南窗下的豆角叶和北窗下的烟草叶子上的声音完全不同，像两场雨水。豆角叶上的雨声是流行乐队的沙锤，沙啦沙啦莎拉曼，成了背景。烟草叶上的雨滴噗噗响，像手击鼓。或许说，烟草里有尼古丁，雨滴的声音就沉闷？没准儿。再细辨，雨落石板是更加短暂的清脆声，几乎听不到。我听一会儿南窗，听一会儿北窗，忽然想，主人为什么不把豆角和烟草种在一起呢？就为了让人来回跑吗？

从家里的窗户向自行车棚瞭望，雨小而大，缓而急。离铁皮屋顶一尺的地方，雨露出白亮的身影。转而急骤，成了白鞭，一尺多长，落地迸碎。瞧一会儿，觉得这些雨成了屋顶长出来的白箭。这块不知什么年头铺盖，什么年头刷绿油漆的铁皮屋顶清洁鲜艳，像铺好地毯等待贵宾。贵宾是谁呢？是后面更大的雨。小雨的雨柱细小，落在屋顶上，像洒沙子。不常吃六味地黄丸的人的耳朵听不出这么细腻的雨声。雨大之后，什么丸也不必吃了，满耳哗哗。雨滴落在铁皮屋顶上发出金石之音。自行车棚这个共鸣箱太大了，比钢琴大几千倍，比小提琴大一万倍，它本来可以装一千辆自行车但只装了二十多辆，其中一半是没有盗窃价值的废车。里面的好自行车也就值二十元钱，在销赃市场卖十元钱，现被车主用码头用的粗铁链子锁着。豪雨见到这一块发声的屋顶喜不自胜，它们跺脚、蹦高、劈叉。雨没想到它竟可以发出这么大的金属声音。以前下过的雨，下在别处特别是沙漠上的雨全白瞎了，是哑雨。“好雨知时节，当春乃发生。”应该是“发声”吧？古代雕版工是不是把字刻错了？

风吹来，风像扫帚把空中的雨截住甩在地下。铁皮屋顶的响声轻重不一，重的如泼水。泼一桶水，“哗——”地流下来。自行车棚里的老鼠可能躲在角落里诅咒这场雨。雨在屋顶上没完没了，让酷爱安静的老鼠没法耐受。我想像它们拖着尾巴从东到西，寻找声音小点儿的区域，没有。

我听一会儿雨，忍不住向外面瞧一会儿，铁皮屋顶如此鲜艳，不能比它更鲜艳了。都说计划经济时的中国贫穷，这要看什么事。拿援助阿尔巴尼亚和往我家楼下铁皮屋顶刷油漆这两件事来说，很阔绰。如果阔绰这个词不高雅，可改为放达。哪个富裕国家往公用自行车棚的铁皮上刷过油漆？况且里边只有二十多辆车和三十多只老鼠。铁皮值不少钱，制成炉筒子、小撮子能卖多少钱？计划经济并非一无是处，让人在雨中目睹鲜艳的绿和听取不一样的雨声。

如果把铁皮屋顶的雨声收录下来，做成一首歌的背景也蛮好。它是混杂的，无序以及无边际的声音，能听出声源中心的雨声和从远处传来的雨声，层次感依次展开。我考虑，这一段录音可以当作念诵佛经的背景，可以作一小段竹笛独奏的背景。做电影的话，可以考虑一人拎刀找仇人雪恨，他在鹅卵石路上疾走。人乱发、刀雪亮，铁皮屋顶的雨声表达他复仇的心情有多么急切，七上八下，心律不齐。

雨还在下，天暗下来，绿棚顶变黑。铁皮屋顶上的小雨妖们在继续跳舞。我忽然想听到雹子打到屋顶上是什么音效？飞沙走石，多好。可惜没听过。有一回天下雹子，我在外面，没听到雹子落在铁皮屋顶上的轰鸣，雹子白下了。

玻璃上的雨水

想走进屋里来的雨水被玻璃挡在外面，它们把手按在玻璃上，没等看清屋里的情形，身休已经滑下。更多的雨从它们头顶降落又滑下，好像一队攀登城堡的兵士从城头被推下来。

落雨的玻璃如同一幅画——如果窗外有青山、有一片不太高的杨树或被雨淋湿的干草垛，雨借着玻璃修改了这些画面，线条消失了，变成色块，成为法国画家修拉的笔触。杨树在雨水的玻璃里变得模糊，模糊才好。它们的枝叶不再向上生长，而化为绿色的草窝。雨水仿佛要劈开这些树，树们用尽气力复原，最后变成草草涂抹的油画的草稿。在我的窗外，高挑的蒙古栎树的树冠被雨水修改成一朵挂在木杆上风吹不走的绿云，它竭力往地上甩掉雨水。它并不知道，雨水是甩不掉的，就像被雨水淋湿的衣服怎么拧也拧不干。隔着雨水的玻璃看，树脚下蔷薇花的树墙仿佛在跳跃。雨水像擦黑板一样擦掉一朵朵蔷薇花，雨水刚淌下去，花又冒出头来。我才知道，雨在玻璃上爬上爬下，是为了重新画一幅蒙古栎树和蔷薇的画。雨见到修拉的画之后认为这才是画。雨觉得绘画的要素有三个，第一个是笔触，第二和第三个要素是笔触与笔触。笔触是充分的水分与毫不犹豫，是不断修改。雨从开始下到结束一直没停止在玻璃上修改它的画。雨用第二笔覆盖第一笔，然后用第三笔覆盖第二笔。雨不想让人看清楚它刚才在画什么。作为艺术家的雨，除了笔触，不懂其他。如果你跟它讲构图，它会说构图都是用上而下的直线，线条像木梳齿一样，像垂下的手指一样，像雨一样。

另外一些雨不搞艺术，它们比较务实。这些雨从天空看到我所居住的这间房子，看到房子上的窗子。它们要进屋转一转，看看屋里的摆设，到沙发上坐一下，到床上躺一会儿。它们从空中冲下来，瞄准了窗子但被玻璃挡住，流行的话叫被截访。雨不知道什么叫玻璃，它们视玻璃为无物。当大批的雨滴冲到玻璃上流淌化为水溜时，更多的雨冲过来。雨也很倔，它们又被挡住，从窗台滑下。雨认为这是不够猛烈的结果，继续冲击窗子，玻璃发出“劈劈啪啪”的声响。所有的雨到底也没弄懂什么叫“玻璃”，它们只觉得那扇窗户是一个怪物。它们发现，许许多多的窗台都是怪物，雨水进不去那里的屋子。

从云朵里冲出来的雨滴在天空遇到了无数同伴。它们冲进风里，朝大地飞行。湿淋淋的大地一派苍郁，混浊泛白的河流在黑黑的土地上弯曲着流淌，浅绿的麦穗在风里吃力地抬起头又垂下。风如马队一排排踏过麦田，留下凹凸不平的麦浪的坑。鸟儿全藏了起来，站在某一片树叶下面等待雨歇。远处的灰云缓缓下沉，仿佛低于地平线。一部分没有抱团的云散开了，在河面薄薄地飘荡。雨在俯冲，无数雨滴撞在别的雨上，碎成新雨接着俯冲。雨落得太快，没办法在人的视网膜上成像。如果人眼达到鸟眼的分辨率，雨是一颗颗亮晶晶的圆球在空中飞。雨并非在“下”，而在风的推动下飞行。如果光线充足，雨滴像水银的颗粒向地面灌注。雨滴在飞行中保持流线的形态，圆脑袋，有一个小尾巴。如果分辨率更高，可看出雨滴在空气中拉成片儿，又聚合一体。雨滴在风里动荡、摇摆。雨跟雨汇合，又被风吹散。雨像梳子，像笤帚，像大片的水被筛成小水滴。雨往大地俯冲，在风和其他雨滴的推动撞击下一点点接近大地。大地在雨的视野里越发清晰。雨滴将要降临地面，它们看到树林张开枝叶的手臂拥抱雨。树的面孔挂满雨滴，雨滴从树叶流到枝丫再顺树干流到地面。这些水流的流淌声被树叶上的沙沙声所遮蔽。树张开手臂，企图把所有的雨水都抱过来，把自己变成漏斗，让雨流到根上。雨飘在河流的上空，河水下面的泥沙在水面翻滚。没有哪条河流在下雨时是清澈的。雨滴的脚步刚刚踩上水面，就被河水放大为圆圈儿。圆圈儿似乎可以放得无限大，但被别的圆圈儿顶破。对河来说，下雨如同天上撒铜钱，圆圆的铜钱一瞬间沉入河底。即使下雨，河水也没停止流淌，其实它可以停下来避一避雨，雨增加了它们奔流的体积。下在河里的雨如同下在传送带上，河把这些雨水带到没下雨的地方。雨把乡村的土路变得泥泞，被风刮断的树枝躺在草里。所有的野花都低下了头。被雨水打乱的花瓣贴在背上，如浇湿的衣领。脚步敏捷的雨滴准确地落在电线上，有的雨滴直接落进下水道井盖的圆孔，有的雨让旗帜贴近了旗杆。

往屋子里冲锋的雨依然被玻璃挡回来，它们还没来得及摸一下玻璃就掉在窗台上。雨集合更多人马往屋里冲，到沙发上坐一坐，到床上躺一躺，但全体从玻璃上垂直落下。从屋里往外看，雨像壁虎一样趴在玻璃上，如一幅画，朦胧的树像在雨里行走。

PART 3

秋天・写意篇

秋天慢下来，

地球转到秋天也应慢一些。

秋天沉重，

大地多出来无数沉重的粮食，

地球的辎重车行走当然要慢。

地球舍不得把藤上晶莹的葡萄甩下来，

宁愿转得更稳些。

初　　秋

初秋看不到卷成一根针一样的青草心，看不到树叶像抹了一层油似的新绿。初秋是老天用很大的力量转变一件事，它让草叶由深绿变得微黄，叶子的水分流失了，最后薄得如一张纸。天的动作让天的色泽都变了，深蓝褪为浅蓝，宁静辽远，好像后退了一百零八公里。老天所做的这件事叫“秋”，或者叫自夏而秋，这是何等盛大的典礼，让所有的植物加入秋的合唱。

看不到从水泥地的缝隙长出新草，云彩只剩下原来的十分之一，变薄了，仿佛不够絮一床新被子。那些娇嫩、浅颜色的花朵已经敛迹藏形，只剩下成片的花朵鲜艳开放，如菊花、鸡冠花和串红。土地不再松软，不似春雨之后的酥透。当土地进入初秋，有如一个男人行进中年，好比李察·基尔、周润发。他们从容了，也放慢了步伐。所谓争先恐后说的是春天，每一个时辰都冒出一个花骨朵，河水急匆匆流过，浪花四溅。春天怎么能不争？每一朵花都报春信，以为是自己招来了春天。夏天的茂盛，用“争”已经不确切，是无边的生长，每一个有生命的植物在夏天都有了一席之地。花草比房地产商对地的态度更贪婪，长满了天涯海角。

秋天，还有什么大事要忙吗？没有了。你看一眼枝上的果实，就知道“忙”已经不是秋天的语言。不必说水果，连卑微的小草都结满了草籽。鼓鼓囊囊的草籽穗头像干粮袋一般朴实，它是明年几十株青草的娘胎。

秋天慢下来，地球转到秋天也应慢一些。秋天沉重，大地多出来无数沉重的粮食，地球的辎重车行走当然要慢。地球舍不得把藤上晶莹的葡萄甩下来，宁愿转得更稳些。

初秋并不是丰收的时候，丰收是说晚秋。初秋所做的事情是定型，让一切可以称为果实的东西由不确定变得确定，由浆变成粉，由稚嫩变得坚硬。那些还没在初秋定型的东西已经定不了型了。人也如此，一个叫作“青春”的东西已经逝去了多年，双脚正往晚秋行走，此时还没沉淀、没雏形、没味道、没形态，有什么收获可言呢?

初秋明净，光线照在树枝和马路上，一样的澄澈。秋天的水比夏天更透明。早晨，秋天弥漫着来自远方的气味。这味道不知有多远，是庄稼、果树、河水和草地的混合气味，在城里也能闻得到。此味对于人，可叫作深刻或沉潜，离肤浅已经很远。如果秋天和中年还肤浅，就太那个了。好在四季一直懂这个道理。如果大地不知好歹地装嫩，会把人全吓死。初秋只是短暂的过渡色，叫作立秋和白露，而后中秋登场，所有的喜庆锣鼓都会敲响，丰厚盛大。

中秋的秋

光阴的河水，从树叶上，从泥土里，从锄头，从酒碗边，从炊烟，从蛐蛐声里淌下来，如一道道溪流。到了秋天，汇成一条大江。秋天的大江载不动连天船舸，瓜果梨桃，五谷丰登，在这条江上漂流，等待月明。

月亮是带笑容的信号弹，说丰收开始了，酒席开始了，镰刀的呼喊开始了。信号弹升在每家院子的上空，亮如白昼，花雕的坛子蹒跚行走，池塘的波纹用弧线描画月亮的脸。月亮如川剧艺人于清夜变脸：白如银盘，黄如金坛，酒醉的吴刚跃跃欲试往人间降落。

上中下、早中晚，中为何物？秋何以中？《大学》有言：执其两端而用中，不偏不倚之谓也。中乃花开正好，尚未萧疏。中为子时午时，阴阳相持进而泰然。中乃过半未半，是秋之美人最美，秋之盛装最盛。秋而逢中，庄稼的队伍浩浩荡荡，走遍大地，接受检阅。果树的队伍拎着红灯，草原的队伍带着绿风，海的队伍互相牵着浪花的手，加入游行。

中秋登场了，还有什么没登场？五谷大地来了，高山流水来了，来得稍晚的是星星的合唱。星星有点儿羞怯，起初声小，缓缓包拢天地，音色透明，织体饱满，山川唱和，弥漫秋声。

乌鸦站在秋天的大地上

从格日僧苏木往东，一直到新苏莫苏木，秋天的大地仿佛沉浸在往事中。早晨的白雾八九点钟才散尽，牛毛黄的荒草被雨浇过，贴在泥土上。褐色的大地延伸到地平线的雾岚里，好像在想一件事。大地如果想一件事，四周变得静悄悄，像在帮它想。夏日的牛群和野花去了哪里？雨水去了哪里？野鸭子和像踩一双滑雪板飞翔的蓑羽鹤都无影踪。大地失去了这么多的东西，势必要闭上眼睛想一想。

乌鸦第一个闯入草原的早晨，即使没有人，它们也“呱呱”叫着，听取从远处传过来的回声。仔细辨析，乌鸦们叫得短促，是半句话，等待别的鸦来接续，咕——呱。像说相声有捧有逗，嗯啊那是。它们的音长，刚好跟扇动翅膀的频率符合，也像借力。过一会儿，乌鸦站在了泥褐色、带着白霜的大地上。

乌鸦赤着双脚，结霜的泥土上留下它们的足迹，像国画所谓皴，钉头皴、拖泥带水皴。动物都赤脚，而在秋天看到赤脚的乌鸦，让人感到它们一年当中一无所获，甚至没得到一双短靴子。草原上没有粮食，乌鸦们三三两两站着，抬颈看，似乎对不长庄稼的土地感到气愤。

我一步步朝乌鸦那里走，不知哪一步让它们起飞。走到很近的地方，瞧见乌鸦翅膀有几根大羽闪蓝光，像高级的漆，黑里暗藏着深蓝。如果不是乌鸦，连宝石都放射不出这么神秘的色泽。人说乌鸦聪明，像水里的海豚。我觉得海豚更友善一些，乌鸦显得傲慢。它一定高估了自己的智力和嗓音，也高估了黑色的高贵含义，因此跟其他的鸟格格不入。看不到乌鸦有什么朋友，譬如乌鸦在枝头跟黄鹂对唱，没有的事。

乌鸦在岑寂的大地行走，感到秋天的荒凉，像一只大筐空了，里面的好东西都被拿走。乌鸦其实很善良，知道大地的疲惫，来到这里散步，是为了与大地做伴。大地在秋天没有伴儿了，喜鹊到村里杀羊的人家报喜，麻雀飞到收割粮食的地方，草已经休眠，只有乌鸦来这里散步，想引发大地的对话。乌鸦赤着脚，一抬一放，在大地身边走来走去。

雨滴耐心地穿过深秋

雨滴耐心地穿过深秋。

雨滴从红瓦的阶梯慢慢滴下来，落在美人蕉的叶子上，流入开累了的花芯里，汇成一眼泉。

雨滴跳在石板上，分身无数，为寂静留下一声“啪”。

雨滴比时钟更有耐心，尽管没发条，走步的声音比钟表的针更温柔，在屋檐下、窗台上，在被雨水冲击出水洞的青砖上，留下水滴的脚步声。时间在雨滴里没有表针，只有滴答。清脆的声音之间，时间被雨滴融化了一小节。被融化的时间永远不能复原，就像雨滴不能转过身回到天空。

秋天盛满繁华之后的空旷，秋天被收走的不光是庄稼和草，山瘦了，大地减肥，空中的大雁日渐稀少。

说秋日丰收，这仅仅是人的丰收，大地空旷了，像送行人散尽的车站月台。

让秋天显出空旷还由于天际辽远，飞鸟就算成万只飞过也不会拥挤。云彩在秋天明显减少，比庄稼少得还快，仿佛说，云和草木稼穑配套而来，一朵云看守一处山坡。庄稼进场，青草转黄，云也歇息去了。你看秋空飘着些小片的云，像鱼的肋条，它们是云国的儿童。

浓云的队伍开到海的天边对峙波涛，波涛如山危立，是一座座青玉的悬崖，顷刻倒塌，复现峥嵘。

雨滴是天空最小的信使，它的信是昼夜不息的滴水之音。在人听到雨滴的单调时，其实每一声都不一样。雨滴的重量不一样，风的吹拂不一样，落地声音也不同。雨滴落在鸡冠花上，像落在金丝绒上哑默无声。雨滴落在电线上，串成白项链，排队跳下地面。

秋雨清洗忙了一年的大地。大地奉献了自己的所有之后，没给自己留一棵庄稼。春雨是禾苗喝的水，夏雨是果实喝的水，秋天是大地喝的水。土壤喝得很慢，所以秋雨缠绵。人困惑秋天为何下雨，这是狭隘的想法。天不光照料人，还要照料大地与河流。古人造字，最早把天写作“一”，它是广大、无法形容的一片天际；尔后造出两腿迈进的“人”字。把天的意思放在“人”字肩上曰“大”，而“大”之上的无限之“一”，变成现在的“天”字。天在人与大之上，要管好多事。

天没仓库，不存什物或私房钱。天之所有无非是风雨雷电，是云彩，是每天都路过的客人——飞鸟。天无偏私，要风给风，要雨给雨。风转了一圈又回到空中，雨入大地江河，蒸发为云，步回天庭。这就像老百姓说的，钱啊，越花越有。像慈悲人把自己的好东西送给别人，别人回报他更好的东西。

深秋的雨，不再有青草和花的味道，也没有玉米胡子和青蛙噪鸣的气息。秋雨明净，尽管有一点儿冷。雨落进河流，河床丰满了一些。河流飘过枫叶的火焰，飘过大雁的身影。天空的大雁，脖子比人们看到的还要长，攥着脚蹼，翅膀拍打云彩，往南方飞去。河流在秋天忘记了波浪。

雨滴是透明的甲虫，从天空与屋檐爬向白露的、立秋的、寒露的大地，它们钻进大地的怀抱，一起过冬。

秋　　叶

秋叶在树头俯观大地，风劲吹，使它摇摇欲飞，叶子早就想下地走一走。

所谓秋风吹过来，怀里揣着一把接生婆的剪刀，去掉叶子羁绊，让它们在大地打滚奔跑。人看秋叶飘落，心境生凉。错了，人心哪懂天意。落叶高兴，在地上与众多兄弟姐妹相逢，千千万万的叶子抱着、携着，牵拉彼此的手腕臂膀团团起舞。

它们原来看不清彼此的长相。人说，叶子和叶子长得一样嘛，又错了。叶子在叶面上的面庞，润洁或活泼、多情或静思，脉络不一，绿的深浅不一，表情也不一样，这在枝头上看不清。叶子在枝头做团体操，每叶位置固定，跟奥运会开幕式差不多。

在地面，叶子看清了伙伴的面孔和它们的表情，表情写着：走啊，咱们浪迹天下吧。

脚下的大地松软、坚硬、平坦、起伏，释放迷醉的香气。青草的外衣在秋天换成浅黄的披风，围在膝下。说土地只生草木是短见，它还是蚂蚁、蛐蛐儿的大本营，是石子、碎玻璃、废弃的烟盒、雪糕纸的家。大地有多大？落叶以为在风中奔跑三天三夜就到了尽头，不可能。三天三夜才到法库，法库前面是四平，然后是长春、洮南、科尔沁左翼中旗、满归。诸落叶，尔等明白啥叫天涯海角不？不明白就慢慢跑吧！

城里的落叶在避风的墙角入眠，半夜醒来，见光秃秃的树枝挡不住月亮的脸，吓了一跳。落叶看枝杈歪斜，更吓一跳。它们一直以为枝直通天。树是千手千眼佛，向四面八方伸臂，一层层接引，收拢成为枝尖。

风不光是接生婆，还是导游。它带着无边的落叶参观躺在小区里的白菜和大葱，参观马路上的斑马线，看大楼身上的玻璃幕墙飘过白云。

奔跑的落叶已经找不到原来的枝头。天晓得天下有多少棵树，谁知道谁的位置几排几号？无风的早晨，鹅黄的落叶覆盖人行道，个别地方没盖好，露出一点点水泥的缝隙。即便这样，爱美的人也不忍心在上面踩。其实踩没啥事，落叶在脚下“沙沙”响，暗发秋声。

秋天，落叶尽享游荡的快乐。看山是山，看水是水，看人成群结队不知去了什么地方。它们劝枝上的留守者，下来吧，大地宽阔。

起　　风

在树林里走，忽而起风了。这风不算弱，却明净无尘。仰面看绿意连绵的树冠，听到咔嚓的折枝声。一会儿，地上散布断枝。

被风摧折的悉是枯枝，黄褐色，像死蛇一样。但杈桠伸张，仿佛不甘心于坠弃。周围的大树那么茁壮，叶子在枝上一片片相互摩挲，在风里把低缓的呼吸声传得很远。

我感到一点儿悲凉，白杨树粗壮向上的躯干泛着生命的青色，枯枝卧在它的脚下，枯枝已经不能叫作树了。

风止息，在宁静中，我又想到枯枝，也许毋庸替它悲悼。它或许正在感谢风，将其从弥留中解脱，送还地上，得到盼了许久的安然。它刚刚开始枯干那会儿，树干的汁液已经渐少，枯枝瞅着叶子片片发黄，不知何时飞旋而走。它也许就盼望回到俯瞰了许久的土地上。但枯枝必须经历萧索的整个过程，不能加快，亦不能减慢。那么，就在风不期然而来之际，这个时刻就叫作大限，也许还是一个庆典。枯枝在离开树的刹那，总要断然一响，清脆之声远远近近都听得见。这声音的脆亮，是痛苦的最后一吼，还是欢愉的意外之音，我不清楚。或许这两种情态都包含其中了。

我不清楚的事情，就不再思索了。人的毛病之一，在于喜欢设出两种结论，然后选择其一。这就导致更深的迷惑。

就在我快要走出这片树林的时候，身后又传来四面八方的簌簌之音。我回头看起伏如浪的树冠，又起风了。

草木结霜

草并不知道，秋天，它们要披上白霜的铠甲。

草出生之后被称为青草，它们身穿绿衫在天涯奔跑。草给黑色红色和黄色的泥土打上绿印，绿是植物的命，是无处不在的生长。天下没有黑草，就像没有绿色的煤炭。只有绿才可以打通阳光的能量通道。绿把阳光变成蛋白质，草们吃阳光，喝地下水，草的生活方式至简至净、至广大。

草在绿里安家，绿色的脉络里有水渠和马路。草的叶子既是肉身也是房子，自己住在自己身上，不假外求。这一点比人强多了，自由从此诞生。春天起，草一直生长。它早上还是夜里长？草什么时候都在长，如同听过“草活一秋”的咒语。人的一生如果只活三个季节，他一定拼命生长，而不去打麻将喝酒看电视剧。草所做的只是生长，它只会生长，那就一直生长。生长很舒服，它觉出自己的腰拔高了，阳光拢在叶子里，暖暖洋洋。草不悲观。悲观干什么？是跟自己作对吗？大凡生长者都不悲观。当你无选择地置身足以悲观的处境里面，先要剔除悲观。我相信草在短短一生看到的东西比人一生看过的更多。草看到天鹅绒的黑夜镶满银钻。草看到雨水在空气中亦疾亦徐地跳舞。草看到白粉沾满蝴蝶的翅膀。草看到阳光从天边爬进自己的脖子。草看到风伸开透明的手指却抓不住任何东西。草看到鸟儿在飞翔中相爱。草看到老鼠的眼珠亮比钻石。草看到云彩打墙阻挡河流。草看到月亮的山谷堆满黄金。草看到波浪在河里回头瞭望。

秋天到了，草停止生长。草长了一生也不过一巴掌高。它们站立不动，一如等待判决。它不知是谁、是什么不让它们继续生长，是立秋白露还是欧阳修的《秋声赋》？自然界，不生长就意味着凋亡。但草不知道什么叫死，太阳照耀它，雨还在下，土地还有许多地方没长草。草离开此世，世上似乎什么都没少，草没有草的遗产，没有草的车辆和文字。只不过，没有草的土地露出了土地。草站在秋天的驿站张望等待，这时候五谷丰登，果树挂满亮晶晶的水果取悦人类。草在告别，一身之外一无所有，甚至发不出一声鸟鸣来辞行。

草叶等待霜降。霜降之前，天要下上几场雨，为霜准备原材料。土地变成一片烂泥之后，白霜从天而降，于子夜，于星星全体明亮之时，草换了衣装。它们白衫白冠，凛然发亮。这是要出征吗？每一根草都像一位士兵，披着亮甲，茎叶有如银枪。这是去杀谁呢？草有什么可杀的东西吗？大地沉寂，无物可杀。阳光转过来，每每融化草的刀枪。至凌晨，它们再度披霜。

白霜冻不死树木与河流。它之降临，只为让草退场。霜让绿色从草的身上飞逸，为每一株草换上黄衫。阳光从此停止与草的能量交换，草的叶子呈现白金色——人类高档时装的颜色。从此，大地长出一层迷蒙的金羊毛，曰枯草。在落日边上，枯草看上去像血流遍地，像炭火暗燃，像鲜艳的毯子。

秋日里，山坡的枯草以黄金的色调显示高雅。枯掉的不过是草的躯壳，草的绿色灵魂升上天庭牧场与上帝欢聚。风吹不走草的白金躯壳，它站在它原来站立的地方。草一生未走半步，却早把种子送往四面八方，换来成千上万条命。于是，枯萎的草仍然优雅，在冬日越来越近的夜晚，它们披挂白盔白甲，尔后在阳光下卸妆。

跑步时，我见到北陵后面结霜的草。结了霜的草似乎比原来高了。它们好像刚从西伯利亚回来，好像在卸车，好像张着毛茸茸的睫毛。我放缓脚步并庆幸我还没结霜——跑过这些草的身旁。在近于黝黑的松树下面，霜草如同下了半场雪，比夏天在松树脚下环绕的雾气更白，却不像雪那么呆板。太阳出来的时候，草叶上没有一滴水，依然干净。

告别桑园

搬家之后，我也离开了桑园。

桑园是我对它的称谓，市政当局并没有任命，石上刻着“青年园”。这一片绿荫当中曾有一棵桑树。我见过桑葚，由绿变红，像鱼子一样饱满地挤在一起。就管它叫桑园。

树木是城里找不到的好朋友。它们多么宽容，我为什么使用“宽容”这个词？因为它们始终接纳我，似乎还知道我写短文称颂着它们，曰“桑园”。

有许多次，我幼稚地——幼稚的意思是扭捏——想和桑园做一次道别，却不知怎么做。它们，依然缄默、沉郁、凡俗，让人有话说不出来，应该说“人尤如此，树何以堪”。仿佛树比我们还能担待：就走吧，没啥。

即使闭上眼睛，我也能说出桑园每一棵树的位置，说出树种和它身边常有的垃圾。桑园一共有五棵松树，包括练功之人为挂衣服而钉铁钉的两棵松树，有迎春花、洋荆木、碧桃树、杏树和被遛狗的人踩得狗屁不是的洋草坪。

有一天，我走过那条街，误入桑园，沿着回廊走。之前瑞雪先降，树们冉冉耸立，顶戴白雪之冠，于清明的夜色中楚楚生动。我说，多像仙境啊，并企图和每一株树拉拉手——大干部和僚属见面时，常自然而然拉拉手。树于深夜的静默，让人无法轻浮。它们——我说的是树 ，此刻收住了心跳脉搏，把呼吸也屏回，只和天地交流。我和吾妻说，多像仙境啊，树们站立悠然，邪不可干。它们个个戴着棉花的白绒帽，雍容整肃，仿佛让我们惭愧。我们惭愧吗？只是离开了桑园。我还没准备好和新的邻居做朋友，在邻居身上发现美。 但桑园难忘啊，没有置酒，也没有各式的仪式，说离开就离开了。

当我再去桑园的时候，已觉察出异己感。树哪儿也不走，人已搬迁。别指望它们谅解，植物比人还爱赌气，不理就不理吧，我只好偷偷地怀念。

芦苇为我指路

博格达山的南边有一片芦苇，风一来，芦苇拼命摇晃，好像想从泥沼里拔出脚来逃走，然而谁都没逃走。

我从芦苇下面的小路往江沐沦河的方向走，但不知走哪一条道。芦苇站满了大地，它们细长的叶子像中锋用笔写出来的，比竹叶温和，比草叶锋利。芒穗如白鸟的羽毛飘洒。阳光的笔触在芦苇叶子上急躁地涂抹，它们的袖子上滚动水银。

我即使不碰芦苇，它已经在沙沙响，揪下一片苇叶，看深绿色蜡质的叶面藏着浅绿的脉络，它上面并没有字。秋天之后，至多到明年夏天，这些芦苇就变成纸，对着阳光看，纸里面还有芦苇的纤维。

你猜不到哪些字印哪些芦苇的叶子上，更猜不出这些芦苇原来长在哪里。何不请诗人到这里在苇叶上写诗？诗和苇叶一起生长，不必要变成纸，也不必使用高毒性的纸浆增白剂。

《诗经》的诗说：谁谓河广，一苇杭之。坐一片苇叶就把河给渡了。坐（或单脚踩）苇叶渡河的人或许会轻功。他身体的重量比苇叶（约三克）还要轻。他们如何以运气的方法把重量（物理学叫质量）弄没了呢？我在没听说牛顿重力定律之前，倾心于轻功。那时年纪小，心里天天想轻功的事。见燕子飞，心想燕子会轻功。见蜘蛛在网上纺织，觉得蜘蛛也会轻功。我每天提着气走在上学的路上，前心贴后脊梁，腹部有吸气造成的凹坑。我认为提气一旦成了习惯，没准哪一会儿就腾云而起，自己想控制都控制不了。我期望学会轻功之后到屋檐的青瓦上走路，而不必走大马路。瓦片丝毫未损，连瓦上青霜都未留脚印。轻功太高级了，但我没练成，气白提了。在中学的课堂上听老师讲重力定律，说有重量的物体每每遵守重力定律从高处往下落，此为自由落体运动。我从家里的小棚往下跳十多次，每次都落到地面，证明老师没骗咱们。跳并自由落体运动的时候，我还迷上了跳伞运动，手持我爸的红油纸伞与我妈的花油纸伞从小棚往下落，伞也没逃脱重力定律的惩罚，变成一堆竹签子。

一群鸟飞进芦苇。苇的白芒往东飘，鸟飞向西面，逆着风。这些鸟的翅膀从芒穗间飞过，如同穿越芦苇的翅膀。芦苇深处也许有一窝小鸟，张嘴等待哺食。大鸟嘴里含着喂食雏鸟的肉虫。大鸟不能鸣叫，也不可哈哈大笑，捉一只虫子不容易。

太阳离西山顶峰还很高，天空已有微微的橙黄，光线像波浪一遍遍滚过芦苇。芦苇的白芒渐渐化为金黄。这时候闭上眼睛，呼吸三十次，再睁眼看，摇动的芦苇金穗迷茫，比中央银行金库的黄金还多，对我大有安慰。我挥一挥手，一片金穗都不带走。让它们留在这儿天地辉煌吧。小路走到头，怎么去江沐沧河？芦苇弯腰为我指路，前边，往右一点儿。

南澳岛听涛

南国十一月份的阳光依然和煦，雨季过去了，光线透明，草木浑然不觉冬之来临，仍然蓬勃生长。草木在这里很舒服，阳光像海水一样泛滥，阔叶的芭蕉像夏季一样葱茏，它们长在北纬 23 度 26 分 21 秒的北回归线上，这是太阳在北半球能够直射到的离赤道最远的位置，在汕头市南澳岛。

岛上有一棵郑成功时代的招兵树，这棵古榕浑如一间高广大屋，几个人抱不过来的树干之上枝杈纵横，叶片密不透风，仿佛它已与大地生长一体，是一块突出于地面生长绿叶的铁黑色岩石，风雨不侵。

南澳岛的海水瓦蓝，比天空更纯粹，有琉璃的质感。登山观海，视线挪到岸上，楼房显得十分小巧，沙滩的人比草芥更小，如同一幅画上随意点上去的几个点，小得没法再画了。夜里，我在南澳岛的海边跑步。这里修了一条很好的海滨大道，道路平整。海消失在月色里。月亮只照亮一小片海，在海面留下一小片金箔。海水来抢，金箔七零八落，瓦楞式的波纹动荡不休。我到海边跑步是为听到涛声。浪涛在看不见的海里奔跑，我也在跑。随着“啪、啪”的节奏，心跳和落地的脚步协调一致，而“哗、哗”的涛声似在身后追赶。夜的海如无边的猛兽来袭，它们蹲在模糊的浪涛上发来吼声。跑的时候，无论睁多大眼睛都看不清海的广阔与深邃。你觉得这一大堆奔涌的水连着世界各地。看地图发现，阿根廷有一个地名叫“里瓦达维亚海军准将城”，位于圣豪尔赫海湾，我很想坐船去这个地方看一下。军人在阿根廷很吃香，这个国家的地图上还有苏瓦雷斯上校镇、皮科将军镇。巴拉圭有一个地方叫“伦萨少校堡”，靠近玻利维亚边境。看来这个国家军官少，少校就可以命名地名了。我身旁的海水有可能来自里瓦达维亚海军准将城，到达南澳后返回阿根廷。大海到处都是路，海水可以无拘束地到达各国港口。

南澳岛的居民们在海滨大道跳舞。路灯下，人们姿态翩翩。看上去，她们很像是鱼儿从海里跳出来起舞，像章鱼那样手拉手跳舞。海浪撞击防波壁，叹息一声退去。在海边跑步，耳边传来远远近近的涛声。人耳不够灵敏，把无数涛声集纳成大概的“哗——”。海上，耸起的后浪拍击平缓的前浪，浪在空中开花散落。浪呼啸着俯冲，浪摔在礁石上如破裂的釜，浪相互拥挤。这一切声音被混入苍茫的夜空，无法用语言描述。大海发出声音并吸收声音，它是巨大的音场，高频音被磨掉棱角，低频音只剩下混沌的震动。我相信海里成千上万种鱼类、贝类乃至海草都在发出声音。通过水分子传送八方。这是以耳膜感受空气声波的人类无法听到的音响，它们在水里而非空气中传输音频信号。我相信水里生物的声音照样可以用清澈、孤单、嘹亮、温柔、激烈这些词语来形容，这是它们的歌声。所有的生物都能用频率或者叫节律表达情感。大海是最伟大的情感抒发者，它无比丰富的情感在人耳听来有一些单调，哗——哗——日夜不息。海所表达的意思怎么会仅仅是“哗——”呢？总有一天，人们会从涛声中解码出惊人的秘密。

大雁在天空的道路

大雁不乱飞，如果你的记忆和观察力足够好，会看到大雁在天空沿着一条道路飞行。仿佛这条路的两旁栽满了高高的树木，大雁准确地从树木中间穿过而不会碰到枝叶，天空的道路会转弯，大雁也随之转弯，这条路的宽度刚好是雁阵的宽度，大雁们不疏落也不拥挤地从上面飞过。

大雁飞过后，我们看它们飞过的天空一无所有。这说明我们的视力有很大的局限性，眼睛还没有进化到看见所有事物的程度，暗物质只是人类想见还没见到的物质之一。但人见到眼前的一切已经够了，这些已经足够人类应付了。在大雁的眼里，天空上的河流湍急流淌，天上长着人类看不见的庄稼与花卉，这些植物不需要土，它们的根扎在云彩上。天上的花卉见到哪个地方好，就飘下来呆一夏天。我听新疆的人说，他们看见一片山坡上长着好看的、不知名的花，第二年就见不到了。这事很简单，这是从云彩上飘下来的花，第二年去了别的地方，比如去了伊朗，但我没告诉这个新疆人。

大雁飞过时，我多希望它飞慢一点儿，让我看清它笔直排列的橘红脚蹼和翅膀上精致的羽毛，好像它偷着藏起了许多 18 世纪西方作家的笔。大雁排成倒 V 字从我头顶飞过，仿佛是一艘看不见的潜水艇激起的浪花。然而头顶掠过的是大雁白白的躯干和黑褐色的翅膀。它的翅膀伸得那么宽，好像去抱一捆抱不动的干草。好笑的是它双翅边缘的羽毛向上挑起来，如乐队指挥伸出食指指示哪一件乐器节奏快了一拍。雁阵飞走后，天空寂了，也没有传来大雁才听得到的波浪和树叶的喧哗声。雁阵飞得那么远，阵形仍然不变，仿佛地面站满了检查它们队形的检察官。大雁快变成黑点时，云彩跑过来模仿它们飞行，但没有队形，也没有橘红脚蹼和向上挑起的翅羽。云彩不过是浑浑噩噩的群众，它们从众，自己并不知飘向哪里。云彩还喜欢乱串门，这一片云无由地钻进另一朵云中。妇人絮棉被常常揪一朵棉花絮在这里，揪一片絮在那里，絮在棉花薄的地方，仿佛是揪云彩。

在河岸行走的大雁比鹅还笨。它们的双脚站立还勉强，走路如同陷入淤泥里。你想不到这么笨的大雁飞起来那么好看。那双笨拙的、橘红色的双脚终于可以不走了，像两支笔插在笔架里。飞行的大雁，伸出长长的脖子，仿佛等待有人给它们挂上不止一枚勋章。大雁知道，世界不是走的，而是飞的。没有谁能走遍全世界，却可以飞到。大雁在飞行中看见丑恶的拿着猎枪的人变得渺小，它看到蔚蓝的湖水向身后退移，比退潮还快。在大雁眼里，山峰并不高耸，如披着袈裟的僧侣在地上匍匐。细细的小河巧妙地绕开山峰，找到了山坡上的花朵。

大雁永远在队伍当中。六只大雁一起飞行，十二只大雁一起飞行。大雁从来不像麻雀那样偷偷摸摸地独自飞行。夜里雁群睡觉，老雁站岗。在天上飞翔，老雁用叫声招呼同类。雁的家族，一定和和睦睦。蒙古人把鸿雁亲昵地称为鸿嘎鲁，视如亲戚。鸿雁守信，每年某月某日来到某地，从不爽约。蒙古人看到走路歪歪扭扭的鸿雁又来了，带来了小鸿雁。它们在天空排成雁阵，仿佛是礼兵的分列式。蒙古人看到这些鸿雁喜笑颜开。

为写这篇小文，我打开百度寻找大雁的照片。看到它们可爱的、充满礼仪感的大雁的样子后，又看到了百度百科的第二篇文章："大雁的吃法。红烧大雁……"这让人沮丧极了。我在沈阳航空博物馆附近看到一家饭馆挂的招牌即是"炖大雁"。鲁迅假狂人之口，说几千年的中国历史每一页都写着吃人。人的历史何止于吃人，还吃可以吃得进嘴里的、有肉的一切生物。人的祖先在饥馑年代可能都吃过人。这种基因多多少少总要遗传下来。在法制时代，吃人不可得，便吃雁、吃猫、吃狗、吃蛇，吃其化学成分为蛋白质的血肉之物，而不管那些动物是否友善与可爱。达尔文说人类是进化而来的，我见到一些人之后立刻怀疑这个学说，人是进化来的吗？好多人并没进化过，一直是野兽。他们是怎样逃脱了进化又衣冠楚楚领到人的身份证呢？用我老家的话说："他妈怎么生出这么个玩意呢？"

PART 4 冬天·简笔篇

冬天邀请太阳到干净的大地上做客。

太阳缓慢到来，

缓慢离去。

傍晚时分，

满面红光的太阳与冬天在山峦后面道别，

冬天一送再送，

群山宛若一池金汤。

▼

立　　冬

冬天并没在立冬这一天来到。冬天到达沈阳市皇姑区是在小雪节气后的第五天。人们说冬天到了，但谁也没劝别人说，都在说。好像他们身体里藏着一个接收天气的软件，集体接到了这个短信。

北方人的生活经验包含着对冬天的认知。这个知识并非来自天气预报，天气预报才有多少年？它来自身体。小雪后第五天，人们出门咳嗽，嘴里呼出一些白气，好像咳嗽把肺里的白面口袋震冒烟了。这人说：冬天真到了。别人说：真到了。边说边擦鼻子下的清鼻涕。咳嗽和清鼻涕是北方人（年纪稍长者）献给冬天的见面礼。

冬天在夜里到达沈阳——季候一般都在夜里到达，在二十三点至凌晨两点之间——天空突然澄澈。早上，在西藏式的可以称之为鲜艳的浅蓝天空下，树木孤零零地站立在街上，脚下等待白雪。有的树招摇着未落的绿叶子。它迟到了，往冬天奔跑的树木马拉松，它跑在了最后。还没来得及放下手里的叶子，比赛已经结束。

街上有冰，那是头几天下小雪融化后的冰。冰薄，像有皱纹，冰下有黑的水。此谓试结冰，先练练。人们即刻穿戴臃肿，特别是早市卖菜的商贩。如果这条小街夏天可以并排走十个壮汉，现在最多走六个，他们穿得太厚。人穿厚了走路胳膊往外支，拉巴腿（裆里毛裤棉花过多）。所有的人都戴上了帽子或围脖，鞋子笨重。他们见面说：冬天到了。答曰：真到了。过去他们见面说：你嘎哈呢？

草里的白雪还没化。反过来说也行，草还在白雪里绿着。草似乎为此得意，在棉团似的雪里探出头，炫耀强壮的体魄。还绿呢，像夏天一样绿。它们伸出的高高绿叶子，假装在堆积泡沫的白海游泳。多数草已经枯萎，埋在雪里。

冬天到来的时刻，每一年都不一样，也没必要一样，它毕竟不是火车。从立冬到小雪这几天，冬天最忙。他是一个威严的老人，但身体没问题，喜欢咳嗽，胡子挂霜。他的呼吸道遇到了他所散发的强冷空气。冬天管的地盘多大啊，从西伯利亚一直到山东是他的地界，从格陵兰岛到普罗旺斯也归他管。他要把每一寸土地都安排好，让冰雪安营扎寨。有的雪花落地站不住脚，化了，那就再下几层。冰的事情更麻烦，冬天要把每一条河流都冻上冰，这比南水北调、西气东送工程还复杂。每条河都很长，从头冻到尾，需要时间。有的河在三九天没冻严，厚厚的白色冰层之间有黑的活水和漂流的浮冰。这样的河，是冬天马虎的结果，必须返工。呼伦贝尔草原的小河比蛇还要多，藏在草地里。冬天把它们一条一条冻上，河在冬天里流淌不太严肃。我在昌图见过一个破败的村庄，家家大门上锁，人都进城打工了，耕地撂荒。但就这样一个地方，照样有完整的冬天——土地结冻，马车碾过的泥泞被冻结。房顶的秋草反射白霜的亮光，乌鸦的叫声传得更远。这个村一无所有，但有冬天。

不知道小鸟冬天在哪里喝水。昨天，二十四中学墙外有一小摊积水，是雪水，未结冻也没被阳光晒干。一群麻雀飞来啄水，刚啄两口被开过来的汽车轰到树上。接着又下来喝水，车是一辆接一辆地开过，麻雀蹲在树上看水。人类没别的玩意儿，就趁车。小鸟冬天上哪儿喝水呢？不知道。第二年春天又见到小鸟在天上飞，可见它们有水喝。

人在冬天显胖，其实不一定胖。人脸被围巾一勒，像开裆裤把小孩儿屁股勒出滚肉一样，该多胖还多胖。人在冬天走路，眼睛盯着地面，路上有冰。但孩子们走路没看过路，也没摔过跤，摔了也没骨折。孩子们走路眼看前方，开怀说笑，他们四季如春。

冬天让开阔的更加开阔，静寂的越发静寂。冬天的内蒙古高原，群山顶戴素白冠冕，雪的披风从山峰的斜肩膀一直拉到地面。开口说话的田野生物这时缄口，再开口是春天了。冬天干净，地里的庄稼收了，河流封冻，草荒芜。云彩比夏天少多了，天上只剩下几朵拖着长尾的流云。我看到了大地的起伏、宽广和朴素。这时候，大地什么都没有了，地上的雪，来自天空，权作泥土的衣衫。大地无所谓衣不衣衫。作为最大的富有者，大地每年都有一次彻底的贫穷，或者叫归零，或者叫甩货，或者叫放下，总之干干净净，总之可以从春天生长第一根草开始再度繁荣。人说放下实际放不下，大地放下之后真啥都没了，万般皆空。它不想为明年春季保留任何一样旧东西。

立冬好。身上冻一冻，血管肌肉都冻一冻，可以保鲜。冬天的土地结实，走到哪里都不陷落。冬天的阳光珍贵，照在玻璃窗上金黄叆叇，让人不困思眠。此时，人或胖上一小圈儿。田野上的乌鸦传播封冻的消息，起飞蹬落树枝夹缝儿的雪。冬天邀请太阳到干净的大地上做客。太阳缓慢到来，缓慢离去。傍晚时分，满面红光的太阳与冬天在山峦后面道别，冬天一送再送，群山宛若一池金汤。

大　　寒

大寒了，天空的鸟儿飞得很慢。跟往常比，鸟儿稀少的天空成了没有棋子的棋盘。一只大鸟在天上慢慢飞着，翅膀像冻住了，正缓缓复苏。鸟儿不知向哪里飞，飞到哪里都有北风。风往南吹，意思让鸟儿飞到温暖的南方生活。可是还有鸟儿不晓天意，仍留在北地。大地景色，在鸟儿眼里如在苏武眼里一样寒凉。雪在凹地避风，褐色的树枝被冻在地里，土冻在土上，大地悄无声息。

鸟儿一直听得见大地的声音。春天，地里发出的声音如万物裂开缝隙，许多东西悄然炸开。花儿开时，似鱼儿往水面吐泡，噗！花苞松开手露出手心的花蕊。夏季，所谓庄稼的拔节声来自大地而非庄稼。大地被勃发的植物扯开衣襟，合也合不拢，布不够用。拔节声是大地衣衫又被撕开许多口子。夏天，大地只好做一个敞怀人，露出万物。秋季里，天地呐喊，鸟儿听到的喧哗比高粱穗的颗粒还密集。万物在秋天还债。果实落下，为花朵盛开向大地还债，五谷成熟，用粮食向河流还债。秋天的还债与讨债声比集市热闹。欧阳修听到喧哗自西南来，称“异哉！初淅沥以潇飒，忽奔腾而澎湃，如波涛夜惊，风雨骤至。其触于物也，锹枞铮铮，金铁皆鸣；又如赴敌之兵，衔枚疾走，不闻号令，但闻人马之行声”。这是干什么？这是万物在秋天的集会，打鼓敲锣，欧阳修称之为“秋声”。此声人类听不见，庄稼和鸟儿听得清。欧阳修比别人多了一个心窍，听到此声。他指使童子“此何声也，汝出视之”。童子哪里有这样的听力，回答：“星月皎洁，明河在天，四无人声，声在树间。”人只能听见人声，其他声音都听不见或听不清，故此，童子“垂头而睡”。

大寒封闭了土地的声音，鸟儿呱呱啼叫，找不到土地的回声。大地的每一个缝隙都被寒冰冻死。寒冰不仅在河里，大寒的大地就是一块寒冰。在冰冻里，大地已经睡不醒了，冬眠的何止是小虫？大地冬眠久矣，暂别了所有的生灵。

大寒之后，鸟儿被大地抛弃了。地不再像家，家飘在了空空荡荡的天空。天空没有逶迤的河流，没有繁枝与花朵。大鸟用翅膀勾画河流和山峦的轮廓，它的羽毛刮破像玻璃纸一样冰冻的空气。空气的透明碎片落在雪地。

山峦消失于大寒之夜，山峰的峭岩被雪削平，山与山的距离缩短，山倒卧在雪里睡觉。从空中看，山脉不过是几道雪的皱纹。没有树和岩石，雪把大地变成平川。人说鸟在天空飞行要依赖脑内罗盘定位，但科学家没找到罗盘藏在小鸟脑袋的哪个部位。我想此事未必如此。如果我是鸟儿，会以河流为飞行定位。河水流向日落处，北岸高于南岸。河水白天流淌，夜里也不停，天空分出一半星星倒进河里。河岸的水草丛是鸟儿做梦和练习唱歌的好地方。河流是大地的绳子，防止地球在转动中迸裂。河流替鸟儿保管着喝不光的水，它是鸟的路标。

大寒里，水的声音逃逸，水被冰层没收。我常常想：冰冻时分，鸟儿到哪里喝水呢？野猫野狗的饮用水在哪里？脱胎为走兽飞禽遭遇的第一个磨难是冬天没有水，第二个才是寒冷。但我宁愿相信它们能找到水。看到鸟群飞过寒冷的天空，我想它们已经喝足了水或飞往有水的地方。

大寒是不是大汗穿着隐身衣在白雪的大地骑马巡视？马也穿着隐身衣。泥土冻结在一体，灌木匍匐在地，大汗的马蹄无须落地已然驰远。大汗看到雪后的土地变厚，山峦变矮，冰把河流的两岸缝到了一起，大汗的疆域无限。鸟儿飞向前方报告大汗巡视的消息。大汗等待另一场大雪的到来，埋掉所有动物的脚印。

大寒的河流不流，鸟儿在冰上啄不出水，冰比玉石还硬。北风吹走河床的白雪，露出黑冰，如同野火烧过的荒地。

大寒把寒字种在了每一寸土地。寒让枯草的叶子像琴弦一样颤抖，寒让石头长白霜，寒让乌鸦的叫声如枝杈断裂。大寒是农历二十四个节气中最后一个节气。土地自大寒始启动阳气。阳的种子在阴极之日坐胎，夏日所有的炎热都来自于大寒这一天滋生的阳气的种子。此阳如太极图黑鱼身上的白点，阳在阴的包裹中生成纯阳。在节气里，阴极之日曰大寒。大寒是彻骨的冰炉，炼出滚烫的火丹。大寒种下的种子再等一个节气就要萌动，时在立春。阳气的种子如一粒沙，在大寒苏醒，它活了。人看不到阳气萌动，大地对此清清楚楚。

每片雪都在找一个人

初雪来，下两三场，甚至下了四五场之后，我们才见到可以称为下雪的雪。河水灌满河床才叫一条河，大雪才叫雪。大地下满大雪，房檐堆砌毛茸茸、没有裁齐的边痕，屋顶、水塔、煤堆都胖了，地上有了深深浅浅、东倒西歪的脚印。汽车盖子留下猫的梅花式的足迹。大雪造成吱吱叫的足音，雪人在屋前矗着，小孩儿或小狗在雪地撒泡尿，留下黄酥的渣滓洞。大雪给所有的屋顶刷上白漆，虽然马路的积雪化为黑泥，城市的楼顶仍保持着童话的洁白。在装了彩灯的楼顶边上，风吹雪，红色橙色的火焰飘舞。岁末降临的大雪，像带着许多的心事，每一片雪都像找一个人，或者带来上天写给每一个人的信。薄白的信函如此之多，超过了人的总数。这里面包含投给故人的信，投给孔子孟子，或世人逝世的祖父母。无人认领的信最终融化，俟待来年。一人在一年中的劳碌积累、储备流失，都由雪花来阐释，以其丰厚、以其飞散，讲解天道轮回。雨与雪是一回事，有与无也是一回事。富贵即使不如浮云，也如积雪，在轮回中代谢新陈。

水结冰时终于喑哑

南方与北方的水是两个民族，同属一个语系，分属不同的语族。南水只是水，北方的水有冰的经历。

木头燃烧，可以说木头变成了火。燃烧后，木头再也变不回来了。水变为冰后仍然可以化为水，来去自由。我猜想水多半喜欢变成冰，至少喜欢当三个月的冰。水在冰里冬眠，水终于可以停下来看一看世界什么样。没当过水就不知道流淌是一件多么眩晕的事，比坐过山车更眼花缭乱。不光奔流，还要翻滚。从上层混到底层，再从底层翻到上层。水流遇到石头撞击，遇到山岩和树根，说河水遍体鳞伤并不是夸张的话。流动的水从来没看清过桃花什么样、柳枝什么样。它所知道的事情是岸上的一切都在往后奔跑，水委实不明白它们为什么要跑。水面也有风平浪静的时刻，这时刻，水想看一看四外风景更难，因为水太平，比太平年景还平。水从水平线上只看到岸边的一条，却不能纵身看个究竟。水甚至没见过其他的水，它们疲于奔流，转瞬即逝。说水没见过别的水可笑吗？不可笑，就像人记不住这一辈子见过的人，更记不住在广场和车站的人，人最后记住的人超不过五六个，其中一半是护士和医生。

水在冰里见到了所有的水——它的同类和邻居，它们怎么能叫水呢？这些被冻结的水坚硬、透明、没有身体和面孔，有没有灵魂不太清楚。水看到所有的冰都安静地向前方看，谁也不知它们看什么。水搞不清冰们当初是怎么奔跑的，它们的腿和翅膀呢？它们在奔跑中曾经伸出过浪的翅膀，说安静就安静了。黑龙江的冰要冻结几个月，水在冰里集体打坐冥想。水在冰里看不到夏日的鱼虾，也见不到树叶。结冰时，水的耳根清净了，听不到呼啸声和涛声。水奔流的时候嗓门实在太大，水比风的声音更大，结冰的时候终于喑哑。事实上，冰在冻严之后也会出声，咔——咔——仿佛什么东西裂了。没错，是冰冻裂了。在冰上走，咔咔声此起彼伏，脚下的冰裂出各式各样的花纹。

小时候，我随父母到昭乌达盟“五七干校”生活，在辽建三团子弟学校读书。冬天，我和同学上下学都要走一走红山水库的冰面。这并不是近路，我们特意绕远在冰上走。人在冰上行走抬不了脚，眼睛盯着脚尖前面的一段冰路。我们用鞋在冰上蹭着走，冰光溜、一点儿不费鞋。走一会儿，停下看一看远方。那时候还不会眺望这个词，否则就说眺望远方。红山水库的远方还是红山水库，眼下全是冰。冰面延伸到南面的天空，天空下只有几颗米粒似的小山，它们被水库吓得不敢高耸。一望无际的冰比一望无际的水更神奇。水平凡、荡漾、再荡漾，没有更多花样。冰闪耀刺目的光，这么大一个水库一起闪光，真是了不起。从其他星球看，地球上发射耀眼光芒有赖于红山水库的冰。站在山崖看，冰有柳丝的浅绿，深如翡翠的深绿，还有羊脂一般的白色。水会吗？而走到冰上，它的花纹可用“瑰丽”二字状之。让你好奇于冰下的世界，也就是王八鱼待的地方。有一年，我游历贝加尔湖的左岸和右岸，并眺望。贝加尔湖之辽阔壮丽是八个红山水库加上六个密云水库再加三个小丰满水库都比不上的，它蔚蓝无边，浪比红山水库的浪大一倍，白两倍。它最神奇处是清澈，我坐船进入湖里，到深处游泳，导游说水深已有三十多米，但湖底的石头、草和贝类一望即知，如隔一层薄薄的玻璃。那时我幻想，贝加尔湖结冰该有多么美，这么多水都冻上了，这不是奇迹吗？是奇迹。但我没看到，今生看不到了。住在贝加尔湖岸边的布里亚特人和俄罗斯人会看到湖水结冰，发出咔、咔的巨响，看湖水融化，如洪水一般冲到岸边。

冰不是水的前世，水也不是冰的父母或子女。水从冰里走出来，排着队，一点儿一点儿离开冰。人称“冰化了”。湖里的水等待融化，先变酥，变成煎饼似的薄翼，尔后化为水。从冰里走出的水已苏醒，它们去唤醒其他的水。水趴在冰上，忍着寒冷，像母鸡孵蛋一样让更多的水苏醒。刚化的水并不奔流，它们静静地站在岸边或站在冰上。这时候，青草也刚刚苏醒，身材只有一寸高。青草和水互相凝视，回想在哪里见过。即使见过，也是去年的事了。对草来说，去年就是上辈子，想不起来也没什么关系。没听说谁因为上辈子的事而耽误事的，没事。水从冰里爬出来，被称为春水。春水在春风里微微画一些圆，大部分才半圆就被风吹散了。它本来想跟冰说再见，不知何时冰竟不见了，这么大的东西，怎么能说没就没呢？

雪地篝火

我想起以前在雪地燃起一堆篝火，离林子不远。

那时节，在做一件什么事情已经忘记了。燃篝火是在事情的开始，也许是结束之后或中间，但这与雪和火无关。

天空郁郁地降雪，开始是小星雪，东西不定，像密探，像飞蛾，像悲凉的二胡曲过门前扬琴的细碎点拂。散雪试探着落在河岸的鹅卵石上，落在荒地如弃尸般倒伏的衰草的茎叶上，落在我脸上甚至凝不成一滴露水。

我坐在杨树的树桩上，看天空越发阴沉的脸色。雪成片儿了，急急而降，像幕侧有梆子骤催。鹅毛雪应该是这样，使人看不出十米外的景物，邮票大的雪片一片追着一片，飞钻入地，像抢什么东西。不知一片雪由天而落需要多少时间。地面白了，因而不荒凉。树枝分叉的角度间也垛着雪。秋天翻过的耕地，如半尺高的白浪头。

我到林里拣干柴火，找一处开阔地拢火。我把皮袄脱下来当扫帚清理一块地，掏出兜里的废纸引火。初，火胆小，不敢燃烧，经我扇动鼓吹，慢慢烧起来。干柴火剥剥响几声，火苗袅娜扭捏，似乎于雪天有什么不妥。火苗的腰身像印度人笛声下的蛇一样妙曼低回，我不断扔干柴，火像集体像合唱一样坦荡地烧起来，庄严典雅。

在篝火的上空，仿佛有一个拱形的金钟罩，把雪隔开了，急箭似的雪片仿佛落不到这座火宫殿上。我默默看着火，透过火的舞蹈竟看不到雪的身影了，如同透过雪的身影看不到树林的背景。

想起一位法国人说的话："火苗总是背对着我。"当你在野外观察篝火时，的确觉得火苗是背对着你。它们手拉手跳呼啦圈舞，最得意那束火苗扭着颈子。

篝火不时坍下来，炭红的树枝挂一层薄灰。火堆边缘的泥土融化了，黑黑的如感动的面孔。土地也许认为春天来了，因而苏醒，用潮湿的眼睛看我。

黑湿的土地和雪形成圆的边缘，彼此不进不退。我的篝火仍然不知深浅地高扬，它们也许幻想可以把雪止住吧。

在火周围，雪片仍然肃穆降落，仿佛问题很严重了。虽然惹不起火，但该下还是要下。那些不幸跳入火里的雪片，是惊是喜呢？但雪们谁也没想到这时候大地上竟有一堆火。那时，我穿着白茬羊皮坎肩，腰扎草绳，坎肩里是志愿军式的绗竖线军棉袄。我坐在树桩上，用木棍扒拉着篝火，也许在想家，也许在揣测爱情。总之，我现在已经忘了，那是知青时候的事。

火势弱了，火苗一跳一跳。雪片压下来，落在炭上遂成黑点，伴着微小的声音。我懒得再去弄柴火。雪最后把灰烬覆盖，一切归于平静。

往回走的时候，我发现雪已淹没了大头鞋。抬眼，身后不冻的茫古林郭勒河在夹雪的两岸流成了黑色，它沉缓涌流，间或浮溢白雾，仍有广大的悲凉。

许多年之后，在办公桌前填什么表时，面对“业绩、贡献”一栏，我真想填上：“在雪里点起一堆篝火”。

下雪时，我仍有这样一种梦想。

飞机八月窗飘雪

头些年，我坐飞机爱选靠窗位置。苍茫云海与我只有一臂之隔。我成了喀喇昆仑山顶的气象员，对云彩指指点点，颔首示意。我觉得飞机的舷窗好像小了点儿，是不是可以改成四十八英寸电视机那么大呢？坐窗边，早先仙人在天上看到的奇景都被乘机人看到。当然，是机长先看到。机长的窗户大，全视野，他往那一坐明察秋毫。飞到哪个地方，手拉哪个杆，按哪个钮，按几下，他心里全有数。

我见过夕阳低于飞机，徐徐落山。地球表面的人认为它已落山了，而我看到它继续下坠，像一颗燃烧的铁球掉进海里，迸起万道金光，光芒射到离地面九千米高的飞机的铝翅膀上。所谓云朵只挡住人的视线，根本挡不住太阳。太阳落山时打开一把扇子，绘满奇幻的金光。我在飞机上俯瞰大海，海水蔚蓝无浪。如果海水颜色更浅一点儿，它就是另一个蓝天。我把海当成天不要紧，飞行员不误判就好了。海水看不到边际，把地球改为水球也很恰当。海水把云挤到了天边，它们成了不重要的泡沫。大海仿佛与天空一样大，没有东西南北，没有高山草原。海天相连处透光，覆盖弧形的穹顶。

天上有什么？只有云。雨和雪都来自云。滚滚云朵如白牦牛渡河，不见首尾。云朵缠绕飞机的肚子、翅膀和脖子，摸摸这只钢铁大鸟是不是真实材料。飞机的翅膀如两把大镰刀收割天上的白云，割下的白云像麦子一样倒在天上却掉不到地面。飞机把一层白云割为两层。但留不下大理石一般整齐的云的广场。

去德国那次，飞越一千多公里长的兴都库什山脉。它是青藏高原的印度河和帕米尔高原的阿姆河的分水岭。山岭荒凉崎岖，我觉得这些峰峦之间正回荡着塔吉克人的乐曲。山头黑色的肩上披着白雪，如羊皮坎肩。那也美，荒凉崎岖之美。

八月的一天，我在飞机舷窗外见到了雪花。雪花大如香菜叶，落到地面可以拆分十几片。雪的斜线虚虚飞过，落在舷窗上，急速拉成牛毛细的水线，这是八月雪。天上的雪片往哪儿落？只有云朵接着它。云上能积成茫茫的雪野吗？云兜点儿小雪还成，雪多就驮不住了。它落下去，落到地面之前被风吹成雨丝。我们的飞机像一头白熊在雪花里穿行，身旁全是白蝴蝶，我觉得把飞机拍下来蛮雄浑，它看上去非常勇敢。

天上看到的农田最美，小巧玲珑，匠心十足。从天上看工厂与开发区都不好看，一片疮痍。大地原本生长庄稼，畜养众生。工业化有什么好？得利的是人，而非自然。我猜想世界经历过许多次工业化，每一次都以毁灭世界而告终。世界耐心地从头再来，在荒砾上育出细菌和蕨类植物，生出水和植物，然后有人（不管是猴变的还是啥变的）直立行走。人掌握工具之后，开始发展。他们的发展插上科学的翅膀之后就刹不住闸了，地球启动自毁装置，像小孩推倒了火柴棍搭的房子。地球上，单单是土已有多么珍贵，这是地球生物进化多少年积攒的可以长粮食的根基。单单是水就有多么珍贵，没人能造出一滴水。祸害耕地和河流到底是一些什么人呢？刑法上不设立毁地毁水的罪名，是一个大漏洞。把这两种劣迹从国土资源法和水利法中抽出来列入刑法定罪，人才老实。毁地毁水的后果比贪污受贿严重得多。

六月落雪、七月落雪、八月落雪，天空对大地多么温情，不忍看河水断流，不忍看草原上矿坑密布。天空洒下雪花，是想为干涸的河床添点儿水，覆盖大地的疮疤。天等不及了，八月就开始落雪。

我们的冬天

买 帽 子

沈阳今年的冬天最冷。报上说六十年来最冷。六十年前，我未降生，不知道这个结论对不对。但对我的耳朵、手和鼻子而言，确实冷。这是在跑步时感到的。鼻子漏了，像下水道一样。眼睫毛结霜花，眨巴一下能粘上。手从双层手套取出来，半天暖和不上，真冷。

最冷的时候我想到的每每是乞丐。为什么想到乞丐，我也觉得怪。跑步时候脸冻僵了，伸手捂捂脸。手又冷得受不了。这时想到无家可归的乞丐，俗称“花子”。他们没棉帽子，没手套，这个冬天够受。

看天气预报，零下三十四度、三十五度的天气接踵而来。我在屋里磨悠，觉得他们挨冻几乎是我的责任。我开始想，他们缺的东西——大衣、棉衣裤、棉鞋。何止这些？他们什么都没有，连裤衩都不一定有。我没这么多钱把他们打扮得像新郎似的。算了，不想了。但脑子还想，一看天气预报就叹气。一天，我心里灵光一动——何不买一些皮帽子送他们。帽子不分大小号，比鞋袜什么都好安排。妥了，我连上哪儿买都想好了。

宁山路有一片卖劳保用品的小店，在靠街的阴暗的楼底层。在最后一家找到了帽子。太好了，草绿布面羊剪绒帽子，里边的标签是“辽宁省沈阳制帽厂”，电话五位数。我二十多年前来沈阳，电话就六位了。这么多年过去，这些帽子仍然簇新地堆在这里，没被虫咬火烧，显然是为了迎接这个最冷的冬天。

卖帽子的是一对七八十岁的老两口，动作迟缓得像电影慢动作一样。我问完价钱，说买十顶帽子。老头问我戴得过来吗？我说我自己戴八十年也戴不了这些帽子，送人。老头说，送礼送帽子了？这帽子式样不好。我说送要饭花子。他盯我半天，没表扬也没批评，说别买十顶，八顶你都送不出去。我问为啥？他说你找不着他们。事实证明老头说对了，他虽然关节强直但洞明世理。

找 花 友

买了八顶帽子，我挺兴奋。傍黑天，我把帽子塞进双肩背包，去送给这些花子。这时代爱称“友”，跑友、麻友、养猫的叫猫友，但养狗者彼此不叫狗友。我找的是花友。然而不顺利。

其一，零下三十多度的气温，很快把我冻透了。羽绒服、登山靴和皮手套完全形同虚设。这不怪它们，我骑自行车，四面寒风。我在心里跟花友比，他们穿的比我薄多了，整夜在外面又如何？其二，我事先没想过花友们在哪里，想也白想，没人知道他们在哪里。我在大街上骑行，人少，都给冻回家了。我盼着路灯下看见一个花友手捂耳朵，跺脚御寒，没有。我想也是，他为啥在路灯底下站着呢？路灯也不能取暖。他可能在没灯光的胡同的遮风处躺着，或在桥洞子下面躺着。我沿黄河大街、西塔的大街小巷找，一位都没遇到。找找养成了毛病，专盯不戴帽子的人。见到几个，近身看，人家衣衫俨然，不像花友。见到一位衣服略破又没戴帽子的人，我下车问讯：干啥去？他答上老丈人家喝酒去。我一听心凉了，连老丈人都有，哪是花友啊。忍不住说一句，我有帽子，你要不？他答，不要，我冬天从来不戴帽子。说完他又补充一句，你这人心挺好。我心想你遇见这么好的人也不配合一下？又问，你真不要啊，来一顶吧？他摆手，真不要，你快忙吧。

我恋恋不舍地离开这个上老丈人家喝酒的人后，不知上哪里去，挫败感浮上心头。在街上，我已经孑孓了两个小时，毫无成绩，别人都上老丈人家喝酒去了，唯独撇下了我。我告诉自己，上繁华的太原街转一圈，这是最后的尝试。如果见不到花友，明天把帽子送给百鸟公园的跑友，就说捡的。

送 帽 子

太原街不愧为商业街，亮如白昼，楼厦霓虹明灭。穿裘皮的娘们儿牵着小狗溜达，小狗有鞋有背心。我突然发现一人翻垃圾箱。

天佑吾人。我跑过去说，你好！他从垃圾里抬起头，眼睑和嘴唇边上都是白的，剩下地方全黑。干啥？他愤怒地问我。我说明来意，他拿过帽子，看一眼，扣在头上继续翻垃圾。他虽然无言，我还是挺高兴，开张了。第二个花友挺好找，他在银行关闭的金属门下边躺着，身上盖七八层大衣或棉被。我问给你帽子要不？他熟练地毫无感情地说好人一生平安，接过帽子看一眼，戴上了。第三个花友是老太太，用绳拽着一堆垃圾往前走，头围单薄的纱巾。我送上帽子，她里外看看，说还是新的呢，夹腋下走了。我问她为啥不戴上，多冷。她回一句，给我儿子。

这是我遇到的三位花友，他们全翻帽子朝里面看一下，看新旧。他们全不看人，好像我不值得看。第四位花友也在翻垃圾箱，不过是在马路对面。我给他帽子之后，他竟伸手跟我握了握，眼边浮上一层泪，说现在还有这么好的人哪？我说多了，是你没碰上。这个人六十多岁，有酒气，脸上的惊讶半天回不过来。他问我住哪儿，我说皇姑。他问皇姑哪儿，我瞎编了个地方。他问哪楼哪号？我问他干啥？他答我得看你去，你这人这么好，我得看你。我说用不着，上车走。

他拽我车后架，说我也有东西送你。他衣服分好多层，每层都是外衣，合在一起穿。他掏出一个带狮子头的旧打火机，给你。我说不要。他接着掏，掏出一个折成方块的画报，打开，里面印的照片是裸体女人，啥都没穿。我说不要。

他摸一把脸，你咋啥都不要呢？我给你好的。他从另外的兜里掏出一个扁瓶，有半瓶琥珀色的洋酒。送你了，比你帽子贵，这都是我捡的。

我说谢谢你，我不喝酒。

他说你咋也得要我点儿东西呀？要不我不让你走。

我说你都有啥？

他把衣服一层层脱下来，我说这么冷，别脱，他倔强，全脱下来，只剩一件衬衣。从这七八件衣服里掏出不少东西摊地上，没开盒的安全套，小包装的番茄酱，酒店小瓶洗发水，唇膏，木梳，还有一个夜光的、一弹老高的塑胶球。我说我要这个球。他说你真有眼力，咱俩交个朋友，哪一天看你去。他把我车后架松开了。

第五个花友其实不是花友。他年轻，剃光头，双手揣棉衣袖子里站街边。我问你干啥呢？他说等人呢。我说送你个帽子吧，他接过来戴上说正好。这时飞跑过来一个人，他俩钻进一个四轮车开跑了，来饭店拉泔水的。第六个花友唯一带职业特征，他在人行道上晃荡搪瓷茶缸子乞钱。我送他一顶帽子，问：你们这伙人都在哪儿？他反问哪伙人？要饭的。他说不知道。我一听就知道他在敷衍。我把帽子从他头上抢过来，你说。他一指，南站票房子。我把帽子又给他扣上了。此友不愿让他同仁得一顶帽子。

南站票房子？对，票房子暖和。我进了南站候车室，这时候是晚上十一点。长椅上旅客东倒西歪。我发现一个肥胖的小伙，脸也不脏。他身边一堆棉花套子证明他是花友。给他帽子，他鄙夷不屑，说我用不着，一冬天就在这过了。说完哼小曲，上下打量我，问，你干啥的？

我真答不上来自己是干啥的，我的职业或事业跟帽子没关，但此刻我只是个送帽子的，我说送帽子的。他说不像。

在我继续地找花友的时候，刚才那个胖子领来个威严的人，也许是便衣警察，也许是协勤。

威严者问我：你干什么呢。声调横。

我说不干啥。

你背啥玩意儿，倒地下检查。

你凭什么检查，你是干啥的？

此时又来了三四个他们的人，拽住我肩头，让我出示身份证。我没办法出示了警官证（凑巧带身上）。他们看了大为惊慌，说对不起，咱们这儿经常有人打着送东西的幌子搞诈骗。说完他瞪那个胖子一眼。

出了候车室，我还剩两顶帽子。我送给一个迎面走来的衣衫褴褛的人，对方回声谢谢，才知她是女的。剩一顶帽子，还在家里放着呢。

《匈牙利舞曲》

认识李杠，是在冬天。

某日，我路过嫩江街，见一人蹬倒骑驴（人力车）快蹬不动了，他就是李杠。大冬天，别人穿羽绒服，缩脖走路，他穿一蓝色球衣，后背塌湿了；脸红，挂着汗，像刚出锅的熟食；屁股左拽右拽，车上的水泥装多了，恨载。

恨载的人都要强。我合计，看你上坡怎么办？

不出意料，他拐入小区，门前的小坡有冰。车蹬不上去了，绷着，不进不退。我跑过去，搭把手，车过了。

他擦汗，说："好人一生平安。"我说："别客气，以后少装点儿。"他说："好人一生平安。"

没走几步，他喊："大哥！大哥！"

我站脚，他跑过来问："大哥，你家有暖气吗？"

我逗他："你想拉走啊？"

"那哪能。"他掏出一团麻，说："这个送你，没准儿能用上。"

我问："多少钱？"

他身子一躲："看大哥说的，我一个蹬倒骑驴的，能送你啥呀？"

暖气水管子漏了，管箍用麻缠，也许有用。

而后，夏天了。我买菜路过新紫竹餐馆，见一人坐倒骑驴上闲看街景。他见我，嗖地跳下来，摘下草帽。

"大哥，还认识我不？"

我忘了。

他说："恨载那个。"

想起来了，他看着比冬天年轻，二十多岁，眼珠儿黄，脸上也有金黄的小绒毛。

"大哥，我知道你在 ×× 上班的。"

"混饭呗。"我说。这是第二面。

第三面，前不久。他摸上门来了。在楼下按门铃。我通过对讲问："谁？"

"李杠。"

"我不认识你。"

"蹬倒骑驴的；恨载那个；送麻的。"

我问："有事吗？"

他说："我上屋跟你说。"

我不太情愿招他，不知他底细，但也开了门。

进屋，他四下看，说："房子真大，快赶上候车室了。"

我说："你还挺能哨呢。"吾乡把调侃曰"哨"。

"瞎哨呗。"

坐下。我说："你叫李杠？"

"杠头的杠。"他说。

我问："带麻来了吗？"

他脸红了："大哥，别笑话我了。有个事求你。"

"说吧。"我补充，"大事办不了。"

"不是。"他伸手挡，"我不给你添麻烦。大哥，我问个事，你有匈牙利舞曲吗？"

我蒙了："你说什么？"

"《匈牙利舞曲》。"声小了，胆怯。

我还是惊讶，问："你改行了？"

他真不好意思了，说："大哥，你再说我坐不住啦。"

"行，咱俩正经说。谁的《匈牙利舞曲》？"

他回答："勃拉姆斯。"

我说：“不是李斯特的？”

“不是。”他说话自己都觉别扭。

“行啊，你！”

他脑袋往下栽，扭捏了好一会儿才说话，蹬倒骑驴的人扭捏起来比一般人生动。下面是他讲的故事。

“大哥，你这个，反正你乐意咋想就咋想，它是这么回事。我吧，原来我不是蹬倒骑驴的，送桶装水。一回送水，上永泰小区，七楼，房子也像你家似的。一般人家不让送水的进屋里。那家老爷们儿拎不动桶，让我把桶装到饮水机上。从门口走到饮水机也就十来步吧，我听到他家音响放一个曲子，特好听。我想多听一会儿，不行啊。人家把水票、空桶给你，就得走。出了门，舍不得，我觉得没听过这么好的曲子。到了楼下，要出门了，我想，不行，这是个机会，又上楼。敲开门，那人特惊讶，说：‘水票给你啦？’我说：‘给了。大哥，想再听听你家那个曲儿。’他说：‘什么？’要不是眼镜挡着，眼珠子都冒出来了。他说：‘你有病啊！’咣地把门关上了。

“打这往后，我老合计这个曲儿。我跟你说吧，它那个调儿，（我插话：旋律）对，旋律，别人也这么说，在脑子里扎根了，拔不出来。转悠，不管你干啥，它这玩意儿一遍一遍响，自动的。早晨一醒，就开始了，嗡——。坑人的地方在哪儿你知道不？想哼哼，哼不出来。我跟一个哥们儿说，也是蹬倒骑驴的，‘有个曲儿，特好听。’他问啥曲，我说：‘你听着。’结果，出不来，一哼变味了。他说我这是学哑巴说话。没办法，我上太原街，卖音响的店挨屋转，寻思没准能碰上这个曲儿呢。没有，哪有那么巧的事？你说买唱片吧，咱还不知叫啥名，买啥？没法买。给我整的，老闹心了。后来吧，我那个啥，哎呀，那个那个（我插话：别着急，不是赢房子赢地，慢慢说。）说的就是，也不是赢房子赢地，不当吃不当喝，知道不知道啥曲儿能咋的？不还得出苦力吗？说是那么说，'嗡——'，旋律在脑子里转，魔怔了。

“嗐，想来想去，我还得找那个人去，豁出去了。我买了一把菊花，在永泰小区门口等着，等那个男的。第一天没等着，花蔫巴了。第二天，又掏五块钱，买花，咱一天也挣不了多少钱。等他。真见着了，这小子穿西服，耷拉脑袋走道呢。我把花献给他，又给他看身份证，说一番，说：'先生，你告诉我那个曲儿叫啥名？'他挺意外，挺给面子，让我上楼，站门外听；是这个曲儿，敲两下门，不是，敲一下，过到下一个曲儿。放了四五个曲儿，都不是，我正听呢，让一个过路的训了一顿，是警察。'干啥呢？你哪儿的？'也不怨他，我这打扮，在人家门口支棱耳朵听声，不像那回事。我说：'听曲儿呢。'警察说：'胡扯！'把我肩膀薅住了，我朝屋里喊：'救命！'那男的出来，把我救了。他说：'行了，找不着你说的那个曲儿，走吧。'完事儿了，我也死心了，再琢磨这事该找挨揍了。要不说巧呢，昨天，我送货走岐山路，四十中学对面，一个店正放这个曲儿呢，给我乐得，几步跑过去，问店里的人这是啥曲？人家问：'问这干啥？'我说：'你行行好吧，我都快魔怔了，就想知道这叫啥曲，谁整的？'那小伙挺好，他卖文具，说：'这是《匈牙利舞曲》，勃拉姆斯整的。'我说：‘老弟，你再给我放一遍行不？’他一甩袖子，说：“你别搅我生意。’结果，我还让城管罚了十块钱，倒骑驴占道停放。也值！花十块钱能知道匈牙利舞曲啊……”

李杠的故事讲完了，我一直看着他的眼睛，看他是否编瞎话，没有。他是一个诚实的人。也许每个人心里都有过看起来荒唐的愿望，因为“荒唐”，最终被放弃了。李杠却被它牵着鼻子，愚蠢地往前进发。我在CD中找到这首曲子，柏林爱乐乐团演奏，索尔第指挥，三分四十秒。

放音——匈牙利舞曲。李杠抿紧嘴唇，眼望远方，换上了另一种表情，傻傻的。听罢，他用手心，接着用手背擦眼睛，哭了。可惜勃拉姆斯看不到这一情景。

雪来洗万物

雪来了。站在窗边看，大雪像为这面窗户而降。雪片在玻璃外面如粉如绒，迅急时如白线，挂满窗。看一会儿，心想雪花娇嫩、轻盈、洁净，这么珍贵的东西怎能随便下又下这么多呢？透过雪幕瞭望，雪覆盖土地房舍。在牧区，山峦被雪包裹起来一个一个放在了天边。

雪飘落不止，看着有些心疼——我知道这么说有点儿不像话，但确乎这么想过——应该拿一个盆把雪端进屋藏起来，或用镜框镶上。这显然办不到，只有人间的艺术品才能够挂起来。雪是上天的产品，不让挂。之后，我产生第二个想法：雪浴。

大雪下到足够厚，最好在阳光普照之际开始沐浴。捧雪把前胸后背、胳膊大腿搓一遍。雪何止冷冽，还杀菌去污排毒养颜活血化瘀固本清源，这是我想的，不知对不对。汉语里，雪作为动词有洗濯之意，雪恨雪耻。我等何不雪体？使雪没有白下。我把身上搓得像胡萝卜一样红，认为身上有了 β——胡萝卜素，并唱“红萝卜的胳膊白萝卜的腿”这首电视剧插曲以助浴兴。

头一回雪浴，在门口小树林。我把衣服脱去，抓一把雪刚搓，没想攥成疙瘩了，改为捧雪搓。雪敷身上要么融化，要么下滑，不像水那么扎实。浴雪的姿势也没找到“范儿”。坐下太凉，站着不敌寒风，总之不得法。我正在团团转，抬眼见边上已围了一群人，他们惊诧，讥笑，指指点点，迫使我草草收兵。回到家沏一杯姜糖桂圆红枣茶准备总结得失，刚好电视上演一位老师的示范动作——我老师即北极熊从积雪的山坡上滚下，起立抖擞皮毛，漂亮。我受到启发。滚，身上沾雪均匀，又不招风，别人从远处看不见，好。要不老师怎么会那么白胖从容呢？第二年新雪出笼，落地薄，未浴。一场真正的大雪下了一宿之后，我喜不自胜，骑车赴北陵公园后面——此地除喂松鼠的大妈之外，闲人罕至。雪地上苍松古木森森然，每棵树均挂牌矗立，树龄最小的也有二百四十七岁。脱衣，我先蹦跳热身，慢慢侧卧雪上，滚——屏蔽眼目口鼻，我以为滚出十米身上将裹一层厚厚的雪毡，直到滚不动，但没有。有的是——屁股右侧环跳穴被碎啤酒瓶割伤，好在雪凉，连血都没出。滚完用搓澡巾横搓竖抹，雪意顺四通八达的经络奔走呼喊，澄澈晶莹。搓完的感觉呢？没啥感觉。穿上衣服，身上像小电磁炉一般发烫。这时候，肚皮上放个鸳鸯火锅也能滚沸。说话间，雪花纷至。抬头见蓝天横来一片云层，像用手拽过来的。该云层边移动边降雪，像有人在里边操纵。老天爷看到人间雪浴，来点儿新雪奖励。四川人爱说“对头”，此事对头。雪落，平伸胳膊，瞬间开放七八朵白花，转瞬缩身为水，神奇。我不禁哼起了小曲，咦——呀呀，啊——呀呀。我边搓边琢磨给国家体育总局写一封信，建议全民雪浴，优胜者购房贷款利率降低百分之三十，出入公园公厕不花一分钱。咦呀呀，啊——呀呀……

搓洗过，我自忖如冰糖葫芦一般澄澈，很自负。

雪浴，除北极熊，麻雀和喜鹊也开展这项活动。我去辽宁大学校园跑步，雪天常见到韩国留学生穿短裤和羽绒上衣漫步，或握雪团攻打追击。有一回在书中读到，旧日的日本军人逢雪必浴，浴前做操、唱歌。日本歌呜呜咽咽，怎么适合雪浴呢？还听说日本人雪天爱在露天的温泉泡澡。体育医学指出运动至少给人带来三种好处。一、提高心肌收缩及摄氧能力；二、调节神经活性；三、增加成就感。雪浴比较对应第三条，浴过生出几分舍我其谁的豪强心态。人以为肌肤近雪凉得很。其实没啥，冷一点儿而已。人之根深蒂固的观念，除了别摸电门、得痔疮别吃辣椒、顶头上司不可冒犯之外，没几样是不可推翻的定论。“摸着石头过河”，即说河里只要有石头，石头只要摸得着，就可以过嘛。跟大风大浪比起来，雪浴只算捣糨糊。当然这个糨糊对身体和心灵有好处，属于健康环保型。

投身这项活动注意事项有三：一、挑人少之地搓洗，免被认为是智障。我被指认过一回，围观群众打 110 把警察都招来了。二、穿厚靴、戴手套，手脚皮下脂肪少，不抗冻。三、搓的时候下手要狠，越犹疑越难受。

雪地上的羽毛

去年冬天，我起早遇上一场大雪。街上没人，雪已经停了。我像狗一样在无痕的雪地留下脚印，还真舍不得踩这么细腻、柔情的雪。很想雇个人背着我走，但背我的人也要留下脚印。就这么蹚吧，暴殄天物了。

我小心走着，准备上大道跑步，见天上打旋落下一样东西，似落非落，像不太愿意落。啥东西？雪后无风，所以此物才慢悠悠落下来。我希望是钱，一百元、五十元都行，十元也行，五元就不要落了。但颜色不对，不红不绿不灰，怎么会是钱呢？这件东西在我的仰视下几乎贴着我鼻尖落下，躺在雪地上。我定睛看，是一根白色的鸽子羽毛。羽毛没有雪白的，算乳白吧。

早上，一根鸽子的羽毛拦住你，静卧雪上，这简直是最好的礼物，比钱好。我捡起羽毛，看上面有无玄机，比如几个模模糊糊的字迹：原野快要发财了，但没有，鸽子不会写字。我突然想起羽毛的主人，它应是一只白鸽，现在何处？天上空空如也。泰戈尔说得真对，飞过天空的鸟不会留下痕迹，留一泡粪也会落在地上，而不能留在空中。鸽子飞走了，那么，鸽子送我这根羽毛干什么？我头发越发少了，但不宜贴鸽子毛充数。即使我把这根羽毛黏在胳膊上，也没人相信我是鸽子。

我拿着这根羽毛走路，既然捡到了一样东西，我希望继续捡到其他东西，比如一封待寄的信。把羽毛黏在信上，表示十万火急，但大清早捡不到信。事实上，我在中午和晚上从来没捡到过信，信在邮电局的信筒里。我突然想到，羽毛不是来找我，它找的是白雪。

我把羽毛放在雪上，白的羽毛白的雪，很圣洁。如果带照相机就好了，拍下来挺美。雪地的阴影微微有一点儿蓝，羽毛的竖纹衬托在雪的颗粒中，显出优雅。如果这是灰鸽子的羽毛，跟雪就不怎么默契了。白鸽子很懂事，而且懂美术，啄一根羽毛降落之，装点美景。我觉得这只鸽子挺讲义气。

我正看——新浪微博把我归纳到“吃饱没事”的作家行列，而其他作家是怀疑型、半怀疑型和诗意型。归纳得真对，只有吃饱没事的人才盯着雪地的鸽子毛出神。身旁一人问我：看啥呢？

我没法回答看啥，便胡乱指指羽毛。

这人说：你把鸽子埋雪里啦？

我说没有。

那你看羽毛干啥？他又问。

我反问他：不看羽毛我看啥？看你呀？我直视他，他上下看我，我俩对视。他叹口气走了。

我们俩这么说话都不讲理，因为这个事里面没理，只有一根鸽子羽毛。我撤退，拜拜羽毛。我街口拐弯，无意回头看。你猜怎么了？那个人正撅着屁股刨雪，他相信羽毛下面的雪里一定有一只等他红烧的鸽子。

嗨——，我一喊，他撒腿跑了，骂我：你是个大骗子！

是，我在心里说，我是骗子。如今你不能在大街盯着一件近乎虚无的东西看，你看了而别人没看出其中的利益，你就骗了他。

我开始跑步，希望天上再落下一根鸽子的羽毛，或落下两根、三根羽毛，我把这事看得比吃饭喝粥都重要。

白露为霜

天最冷的时候——我是说在沈阳——先是感到早上冷水浴的水“换人”了。头一分钟浇过来的是楼里的水，不算太凉。转而冷，地下的，像一伙强硬的人破门而入。水揣着针来的，听着“哗哗”的声音都响亮。承受的极限是：手指骨疼痛，停止。这时，如果往镜子里看一眼，瞥见一张惊慌的脸，像美国惊悚电影常有的镜头。傻了吧？这是我对自己说的话。

到屋外，如果鼻子先痛后酸，证明真冷了。鼻子头儿像被钳工的手拧了一下。你想，鼻子只比脸突出两厘米多，就被冻这样。在这样的天气里，我比较留心别人的鼻子，见到矮扁的，替它们庆幸。但行人多戴口罩，见不到鼻子。天最冷时跑步，我容易被冻出眼泪——不是冻哭了，冷空气刺激支气管，咳嗽憋出眼泪——泪水在眼眶里冻成小冰碴，顾盼晶莹。还有，手从皮手套里抽出，掏钥匙开门那一瞬，如针扎，证明真冷了。

老年人形容天冷，爱说“真冷喽”，好像盼望已久。我喜欢冷。一次往东走，见发电厂的大烟囱喷着红漆白漆，像一条腿穿儿童连裤袜，顶端白烟滚滚。在晴朗的蓝天下，抬头见到银白的烟团，也算难得的景观。如果烟算烟囱的头发的话，它的银发飘向南方。我一想，从小到大看到的烟都往南飘，是为什么？上级有规定吗？想起来了，烟囱冒烟是烧暖气，天刮北风。烟向南，像葡萄串一样扩大。小时候在清水里捏钢笔的胆，那一串蓝也不散，斯文蜿蜒。烟团也是这样，煤好啊，经过了充分燃烧，烟白。烟团距离烟囱嘴那一段似无物，飘出去一段才变成烟。烟像烟囱放的风筝，像在海底追潜水艇的白色鲨鱼。或者说，烟是地面舒卷的叶子，一拽叶子，连烟囱也拔出来了。

那年五月，我登华山。下缆车，一步两阶跑上峰顶。至顶，身上出了不少汗，脱衣散热，绕颈赏玩四外风景。不远处，一对老夫妻对我笑，我对他们笑。在峰顶见到友善的人是幸事。他们看我大笑，我觉得不需大笑，则小笑。他们盯着我笑得前仰后合，我狐疑，观自身，见——赤裸的上体——每一寸皮肤升腾白气。胳膊、前胸、腋下和腰腹雾气缭绕，配合高天之流云，山峰绝壁，周围黑黝黝的松树背景，是挺好看。我笑，没想到自己还有这两下子，老夫妻好像看见了一个刚出锅的人，像馒头、黏豆包或发糕。我一琢磨，是山顶气温低，热气成烟。就好比说谁谁呵气成霜，也是天冷。有道是，“吹胡子瞪眼”，可能指北方人冬天说话嘴角带两缕白气，吹如胡须。如此，我对老夫妻点头，感谢他们的笑声。但衣服仍不能穿，这和文不文明无关。此时穿衣，衣乃湿透，使身上为难。我当时想在身上写一副对联，左胸：蒹葭苍苍；右胸：白露为霜。这是《诗经·秦风》之一首，此地属秦，恰好。这时，一队戴红帽的旅游者上来，见了我，集体无意识大笑，边笑边指我，东倒西歪。一人说“成仙了，成仙了”。我只好恋恋不舍地穿上了衣服。

今天早上，我路过一家朝鲜族冷面馆，见一小伙儿拎一壶水，浇在撤下的炭炉上，水蒸气洁白如银，腾起七八米高。一壶水、一个炉子造出这么大的烟柱，真乃“下下人有上上智”。水蒸气在夏天也升这么高，只是天不冷，看不到气的真相。冬天藏着无穷的白色，冰、雪、霜，越冷越白。

苏　　醒

沈阳下第一场雪的时候，已经是十一月末了。人们换上羽绒服，小心翼翼地在冰雪路面上滑行，一如狐步。这时，草们——包括散草和草坪里优雅的洋草，都埋在大雪里。再见到你们，要到明年春天了，我对草说。

有时候，阳光也有充分的幽默感。今天，也就是雪后的第三天，阳光大力而出，何止于暖意融融，它们鼓足了马力倾泻在雪上。仿佛太阳不想过冬天了，冬天没意思。雪只好大忙，一层层塌陷着，安排小沟小渠把水流出去。屋檐滴滴答答。大街变为醒目的黑色，人们抱怨，深一脚浅一脚地踩在肮脏的冰激凌式的雪泥里，上班或干其他什么。

我看到了最美的景象——

草们苏醒过来。它们刚要被冻死，就被阳光大佬抢救过来。或者说，它们在雪被窝里才做了一个梦，被刺眼的阳光吵醒了。我看到，草的腰身比夏天还挺拔，叶片湿漉漉的，好像孩子们破涕为笑时睫毛挂的泪花。

大雪刚来，土地原本没有冻透，还在呼吸，为草暖脚，往它们脸上吹气。那么雪一融化，就像在游戏中你把一个藏着许多孩子的被单突然掀开，它们笑着喧哗而出。大摇大摆地走在屋檐下面，砖垛旁和高尚的草坪上。

原来，我一直感受到草的谦卑。草在此刻却傲慢而美丽，像身上挂着许多珠宝跳舞的康巴汉子。

最主要的——我觉得草们，至少是我家屋檐下的草——像我一样愚蠢，它们以为春天来了。它们仪态的娇羞与庸倦，和春天时分一模一样。我指着手上的日历表告诉它们，有没有搞错，还没到十二月，怎么会是春天？草，要不怎么说它们是草呢，根本不理我，以为春天到了。

你听到河水的声音了吗？

你看到大雁的身影了吗？

我还是很感动。我觉得我对自己的生命的看法没有像草那样珍惜与天真。能活就活，每天或者说每个小时都旺盛着。死根本不会是生的敌人。那几天，沈阳真是美丽极了，在未化的白雪之间，一丛丛草叶像水洼一样捧着鲜绿。而我，骑自行车吹着口哨检阅了所有的草，穿行在它们的梦境里面。

冰雪那达慕

我所见到的最广阔的雪，是在呼伦贝尔。从海拉尔出发，沿途的草原被厚厚的白雪覆盖。厚，说可以看出白雪的体积感。远方的山峦变矮，雪原上的树变矮，那些松树、蒙古栎树树干短了一截，灌木仿佛在雪里匍匐前进。被雪埋没膝部的松树，在离地很近的地方就开枝了。气象学把降雪也叫降水，我看到厚厚的、洁白的水贮藏在草原。明天春天，这些雪变矮、变薄，露出黑黑的泥土，然后钻出绿草和野花。大自然的轮回，在呼伦贝尔这么鲜明。这么广阔的雪，开车行走仍然望不到边的雪，乍一看，感到死寂，觉得南极北极也不过如此。想到这些雪是老天爷刻意为草原储备的，无须水库和水桶，为鲜花和青草储备了成千上万吨的水。这么一想，心里觉得妥当多了。车再走，雪原上出现蒙古包，感到寂静里的生机。

如果你愿意，可以把雪原上的蒙古包看作是摆放在大自然中的装置艺术。雪原上，蒙古包的红门刷着云子图案的绿油漆，包顶冒出炊烟。白毡、黑毡的蒙古包前立着高高的苏力德。间或见到牧民出行，他们身穿鲜艳的皮制蒙古袍，红缎子、绿缎子、蓝缎子面的蒙古袍穿在他们身上，成了白雪上的奇葩。牧民们骑在马上，马蹚着没膝的雪往前，马脖子绷着劲儿向前耸动。牧民戴着蓬松的皮帽子在马上交谈，让人觉得他们很骄傲。在冰雪里不缩头缩脑的人仿佛都有坚毅的品格，但穿得要足够厚。牧民们的红脸膛带着点儿浅浅的笑容，这样的笑容好像是夏天的大笑的余裕，或者说笑容藏在牧民脸上的皱纹里不出来了，像藏在红萝卜和松树里的笑。

冰雪那达慕主会场位于鄂温克自治旗，参赛选手和观众的服装让我非常好奇。巴尔虎人的缎面皮制蒙古袍上罩一件清朝样式的裘皮马褂，毛朝外，有猞猁皮或貂皮。人穿了这么多衣服，胳膊向外扎，贴不拢身上。场地上有几位工作人员来回跑，也穿蒙古袍外罩马褂，他们跑的时候直着腿，膝盖不打弯。其中的原因我完全体会到了——呼伦贝尔特制的厚棉裤让人腿回不了弯，走路全像升旗卫队士兵的正步走。身穿艳丽蒙古袍的人直着腿跑过来跑过去，冰雪那达慕大会马上就要开始了。

大会开始，最先入场的是马队。你看到马队从远处疾驰而来，心就要往上提一下——这些马并没因为厚雪而放慢速度，雪团在它们蹄下纷飞。马骄傲地扬起头颅，鬃毛如矢，而骑手们身穿红缎子、绿缎子、蓝缎子的蒙古袍，风把狐狸皮帽子的毛吹成花朵。雪原和马队的上方是蓝得耀眼的天空。如果没有蓝天和刺目的阳光，无从显示蒙古袍的鲜艳。天地人在这里组合生动，尽管有雪，尽管冷，美照样大块绽放。

马队太好看了，可惜转瞬即逝。马从雪地驰过，你觉得它们踏碎的不是积雪，而是各种各样的堡垒。马的宽蹄、滚圆的腱子肉和高高的头颅，让你觉得“勇敢”这个词是从马这儿来的。马无所畏惧，无往不可驱驰却神色宁静。

在金帐汗营地，呼伦贝尔草原各个旗的牧民们载歌载舞入场，祭火大典开始。白雪上，红色、橘红色、橘色的火苗熊熊燃烧，这是上午。原来，我们以为火焰在明亮的阳光下显示不出颜色。这里的火颜色鲜明，火的红焰如一面绸子在风中招展。牧民们手拉手围着火堆笨拙地旋转起舞，看上去天真。然而在一望无尽的雪原上见到飞升的大火，你觉得雪原的死寂被驱走了，茫茫大地所缺的东西一下子出现了，那就是火。牧民对火舞蹈，火对着人舞蹈得更欢快。节节上升的火苗像在跳鄂尔多斯抖肩舞、跳哲里木的筷子舞、跳锡林郭勒的搏克舞。红焰从白雪里升起，融化于蓝天，牧民们穿着红缎子、绿缎子、蓝缎子面的蒙古袍直着腿跳舞。火已经看到了牧民们纯朴的笑脸，一定会给他们带来吉祥。

PART 5 / 四季 · 吟咏篇

夜色是风最好的衣衫，
比丝绸柔软，
比风还轻。
如果拿一立方米夜色和一立方米风在秤上称，
还是夜色更轻。
风觉得夜色是天生的翅膀，
宽广而适于起伏。
▶

四　季

秋　天

用读《论语》的眼光看秋天，它干净而简洁，枝条洗练，秋空明净，这是谁都知道的。老天爷只在秋季拭手一擦晴空。白杨树，干直而枝曲，擎着什么，期待或其他；河床疏阔，一眼望尽。

秋天，场院丰盈但四野凋敝——由于人对土地的掠夺。我不愿意看到玉米叶子自腰间枯垂，像美人提着裤子。割去吧，用锋利的镰刀把玉米自脚踝割断，它们整齐地躺在垄上，分娩一样。谷子尚不及玉米，斩过又让人薅一下，头颅昏沉坠着。

在乡下，我爱过我的镰刀。不光锋利，我在意刀把的曲折，合乎"割"的道理。镰刀把握在手，是一种不尽，一种生存与把玩的结合。

在北方的秋天，别忘了抬头看老鸹窝，即钻天杨梢上的巢。细枝密密交封，里面住着老鸹的孩子。老鸹即乌鸦，虽然不见得好看，小老鸹喙未角质，鹅黄色。

拎着镰刀抬头看老鸹，或拾土块击其巢（当然击之不中），是秋天的事情。老鸹扇翅盘桓，对你“呱呱”，没责备，也许算规劝。

若说场院胜景，最好的不是飞锹扬场——粮食在风中吹去秕糠，如珠玉落下；在集体的场院里，电灯明晃高照，和农村老娘们儿剥玉米才是享受。电灯一般是二百瓦的，红绿塑料线沿地蜿蜒。这时，地主富农坐一厢，知识青年和贫下中农坐一厢。谈话最响亮的是大队书记的年轻媳妇，她主导，也端正，手剥玉米说着笑话。夜色被刺眼的光芒逼退了，剥出的新鲜玉米垛成矮墙风干。

乡道上，夏天轧出的辙印已经成形，车老板子小心地把车赶进辙里行进。泥土干了，由深黄转为白垩色。芨芨草的叶子经霜之后染上俗艳的红色。看不到蚂蚁兄了，雁阵早已过去。怎么办呢？我们等着草叶结霜的日子，那时候袖手。

总有一些叶子，深秋也不肯从枝上落下，是恋母情结或一贯高仰的品格。然而，当它们随着风声旋转落地时，人们总要俯首观看，像读一封迟寄的信。

冬　日

在这个时候，我父亲出门前要提系裤子再三，因为棉裤毛裤云云，整装以待发。

这时，我在心里念一个词：“凛冽”。风至、霜降、冰冻，令我们肺腑澈彻无比。冷固然冷，但我们像胡萝卜一样通红透明。真的，我的确在冬天走来走去，薄薄的耳朵冻而后疼，捂一捂又有痒的感觉。鼻子也如涅克拉索夫说的“通红”。但为什么不享受冬天？冬天难道不好吗？

冬天！这个词说出来就凝重，不轻浮。人在冬天连咳嗽亦干脆，不滞腻。窗上的霜花是老天爷送你的一份薄礼，笑纳吧。当你用你的肉感受一种冬天的冷时，收到的是一份冰凉的体贴。比较清醒，实际比较愚钝。因为冬藏，人们想不起许多念头。我女儿穿得像棉花包一样，在冰上摔倒复起，似乎不痛。

想我的故乡，我的祖先常常在大雪之后掏一条通道前往其他的蒙古包。在这样的通道上走，身边是一人高的雪墙。他们醉着，唱“A ri Ben Ta Ben Nie Sa Ri ……”走着，笨拙却灵活的爱情，相互微笑举杯。

冬天听大气的歌曲，肖斯塔科维奇或腾格尔。不读诸子，反正我不读诸子，因为没有火盆，也没有绍兴老酒。唱歌吧，唱外边连霜都不结的土地，连刨三尺都不解冻，而我们还在唱歌，这不是一种生机吗？

冬天的女人都很美丽，衣服包裹周身，只露出一张脸。我们一看：女人！不美丽的女人亦美丽。爱她们吧，如果有可能。她们在冬天小心地走着，像弱者，但生命力最强。

春　时

春天无可言说，汗液饱满，我们说不出什么。如果我们是杨树枝条，在春天就感到周身的鼓胀，像怀孕一样，生命中加一条生命。

说“春——天”，口唇吐出轻轻的气息，想到燕子墨绿的羽毛，桃花开放的样子，不说了。虽然人们在春天喜悦。我暗想又添了一岁生齿。不说了。

夏　季

夏天在那边。

我感到夏天不是与冬季相对的时令，如棋盘上的黑白子。我知道夏天是怎么回事，它累了，如此而已。在四季中，夏天最操心，让草长高，树叶迎着太阳，蜜蜂到花蕊里忙活。刚到秋日，夏天就说：我不行了。

夏天是毛茸茸的季节，白日慵懒，夜里具有深缓的呼吸，像流水一样的女人穿着裙子。跟春天比，夏天一点儿不矫情也不调侃，走到哪里都是盛宴。

如果我是动物，就在夏天的丛林里奔跑，跑到哪里都可以，用喉音哼着歌曲，舌尖轻抵上颚，渴了就停下埋头饮泉水。啦——啦——啦，我认真地准备过一个夏天。

静中日月长

这里真静谧，不管它叫舍力图还是独逸学院。我从早到晚敞开窗户，传进的只有小鸟的歌唱，楼下餐厅偶尔传出轻轻的笑。今天割草机来到窗外草地，像喝醉了一样轰鸣割草。我不明白割草设置那么大马力干吗？它割完气哼哼走了，留下草香不绝于鼻。看天，常见喷气式战斗机飞行，很高，听不到声。

静谧是不准确的词。动态可以用词形容，而静，像止水、像透明的空气和光线，没法用词语状之。静者，姑且形容无声，其实是安然。世界上没有哪一个角落是无声的，鲍尔金娜在小说《门》中说“真正的静谧，人自身会发出一种声波，像蚂蚁交头接耳”。我们已经习惯把没有噪音叫“无声”了。都市的人所称噪声是车辆行驶鸣笛，工地机械，楼下互相骂娘，和火车对面卧铺客的呼噜声。如果把声波震动转化为热动能，一百个打呼噜人都可牵引一辆车厢前进，不用买票，别人还得给他们献钱。

摆脱了这些噪音，人说寂静无声。这里的无声里除了鸟啼，还有青草翻身和树叶说梦话的声音，松鼠在枯干经年的褐色落叶上奔跑打滑发出的声音。我在森林里手摸一棵红松，树皮发出纸页的声音，这声音就是身份。大自然有无穷无尽的声音，昼夜而发，夜里更多一些。交织一起变成所谓地籁——浑然的声波，像大提琴在低音声部的运弓，一直往右拉，不回弓。曼托瓦尼乐队就是这么处理尾音的——录音时，把起弓声贴在回弓上。就如同乐队的人合力运一把弓，边运边走，从斯图加特走到瑞士琉森，像一队贩私盐的人们。

静谧包括阳光照在18世纪的老瓦上，瓦身凑巧掉了一些粉末，落地上发出微小的声。树把阴影移到草地上，晒太阳的小虫抱怨着转移到亮处的行进声。草叶阻挡风的声音。这些声音本来可以构成轰鸣，但树、草和泥土把声音过滤吸收了，使人的耳膜感到安适。人耳更适合听到和谐的声音，如乐器之大三和弦，或雨水声，敲玻璃杯声。敲玻璃杯声之悦耳极为奥妙——当，此音并不是一个音，还有回声。泛音发出最多的是鸟啼，一个音分出两层。最悦人是小鸟唱时喉咙里仿佛有水没咽下去，行家叫“水音儿”。邢台一带管这种鸟就叫“衣滴水儿”。为什么是衣，而不是一呢？这一类的问题没地方问去，自己在心里闷着吧。

窗外是天地之籁，窗内是收音机的音乐和介绍性的德语。这个电台早四点起播大作品，交响乐。下午播音乐会现场（有掌声）。晚上播小作品，如合唱，单簧管奏鸣曲，小提琴奏鸣曲。我比较听不进去的是主持人和音乐家的对话访谈，音乐家回答问题像吵架。

我在“静”里，觉得时间真正现出了本色，它们像脱光了外衣在溪水里游走，和市场里尖锐的时间，机场破碎的时间，官场沉闷的时间都不一样。静的时间干净，时间长。我像牧区的人那样放弃了手机手表，看窗外揣摩时间。有时候，时间多到一堆，蹲在窗台上看我写作。我躺在床上，床单被褥洁白，觉得应该想点儿事情了，却不知想啥。家人劝我四处出游，比利时，法国，瑞士，我以为这么静静待着非常好。上哪儿能找到这么安静、草香鸟啼的地方歇着？不好找，今日偏得了。

云沉山麓

苍翠的毯子上有两道折痕，泛白，曲曲折折，这是形容草原上的车辙。这是在很高的地方——白音乌拉山顶，或干脆是飞机上——见到的情形。内蒙古原来的辎重车在草地上轧不出辙印，木轮、辐条是榆木的，环敷一圈铁钉，钉帽上有锤痕。它们叫“勒勒车”，牛轭，到湖边拉盐，出夏营地的时候装茶壶、皮褥子和蒙古包的零件。胶皮轱辘车是合作化之后先进生产力的代表，充气轮胎，轱辘上有花纹。雨后，胶皮大车把草地轧成坑，不再长草。

我去公社邮政所投一封信，在车辙边上走。边走边找绿茸茸的小地瓜，手指肚长，两头尖，一咬冒白浆。还有“努粒儿”，汉语不知叫什么，美味的浆果。其他的，随便找到什么都成。一只野蜂的肚子撂在蚂蚁洞前，头和翅膀被分拆，肚子基本干了，黑黄的道道已不新鲜。四脚蛇在窜逃，奔跑一阵，趴在地上听听。我已看见它趴在地上倾听，它想从地表的震动判断我离它多远。我跺脚，并将泥土踢到它的四面八方，把这个弱视者的声呐系统搞乱。

最热的夏天，云彩都不在人的头顶，这是奇怪的事情。如果把眼里的草原比作鱼缸的话，云像鱼一样沉到下面。它们降落在远远的地平线上，堆积山麓。降那么低，还能飘起来吗？不知道。但如果你躺在草地上，闭上眼，欲睡未睡之际，也许刚好有一朵云探手探脚掠过。不要睁眼，让它以为你睡着了，然后有很多云从这一条天路走过。

风吹过来。我不明白草原上的风是怎么吹的。比如说，我感到它们从四面吹来，风会从四个方向吹来吗？这好像不符合风学的道理。风吹在脸膛和后背上，扯起衣裳。我也许应该随之旋转，像钻头那样钻入泥土。

车辙像水里的筷子那样折弯。走过一弯，见到一只白鸭。鸭子？是的，一只鸭子孤独地走在通向远方的路上。鸭子从来都是成群结队，一只鸭子，为什么往东走而不是向西？奥妙。

我放慢脚步，和鸭子并排走，看它，鸭子不紧不慢。你如果到公社，前面的路还很长噢，鸭子不管。你也要到邮政所吗？我对它晃一晃信。走出很远之后，我回头看鸭子，它还在蹒跚，路不好走。绿草里的野花在它身旁摇曳，白鸭显得很有风度。

准噶尔汗国故城的日出

站在城墙上看日出，故城里面白垩色的土块如同玫瑰色的波涛，火山喷发结束之后凝固此地。这些土块不是草原的土，它们原来是城墙和房子，不长草，如今只负责凝固。往下看，正对着城门的空场过去该是偌大的集市，人来人往，车马喧哗。如今只剩下空气与土。土块里没留下丝毫人的痕迹，比如衣服的碎片，比如刀剑的残骸，连一小片骨殖都见不到。故城好像被海水冲刷过，冲走了这个当年强大的西蒙古汗国。大自然试图把废弃的都城恢复成草原。大自然不需要房子、道路、水渠和井，它的子孙是草、岩石和河流。沙漠也是大自然的子孙，就像冰峰、火山是大自然的一部分。准噶尔汗国故城遗址没有树，荒草少而高，只有阳光每天在耕耘这片顽强的土块。这些土城丝毫没有长草长树的意思，它们在等待故人，等待重新成为城墙和房子的一部分，眼下铺满了阳光。我不知道太阳初升时的光线可以分成多少层。最初的光线可谓破晓，那是把世界照亮的清冷的光。这片光到来时，夜色还没退尽。树和石头背后还藏着静立一夜的黑影。接着，光线的洪流汹涌而来，不止天亮了，太阳正在准备升起。此刻，光线如同加入玫瑰色的经纬丝。这些玫瑰的纱被树梢刮住了大部，落在土地上显不出鲜艳。玫瑰的光很快被后面坚定的金光覆盖。太阳腾跃前，金光是它的近卫士兵，负责鸣锣开道。金光里，天边的云彩十分纤薄，惊讶地迸飞。这些云彩如同火炉的木柴，在它们烧得愈薄愈小愈红的时候，太阳喷薄而出，金红的球体湮没天际的树丛。那些剪影似的树丛变得如荒草一般渺小，举着芒刺般的刀枪欢呼。太阳像被一头巨大的鲸驮着上升，它的光芒照亮了一切。放眼看，周围没什么东西没被太阳照到，准噶尔汗国故城变得干干净净，土块复活了，仿佛集市就要开张。太阳专一地照在城里每一个土块上。土块姿态各异，摆出各式各样的姿势，仿佛还在睡梦中。故城内没有河流，却灌满了阳光的大水。才知道，那些土块的位置都是对的，断壁残垣都刚刚好。土块们显出历经沧海的姿态，在阳光下才看出它们并不荒凉。大自然没有人类眼里的直线、耸立或繁荣这些概念。废墟经过风的一遍遍雕刻，高矮大小已经恰好，好到在清晨的阳光下像一处乐园。

鸟群笔直地飞过来。鸟在金色的土块上留下黑影子，像黑色的小兔跑过。风来了，我的意思说云从四方聚拢到故城上方。它们或许每天早上都要来到这里探望，围成一圈儿静坐。云的歌声风里发出，呼啦呼啦钻进我的衣服和裤子，企图把衣服脱下，故城这里万物裸露，早就不时兴穿衣了。云彩在天空排列如城堡之后，太阳坐上天庭的金交椅。它脚下和两厢都是红云。密集的红云固若金汤，不敢留一丝缝隙，怕把太阳漏在地上。它们抬着太阳游历新疆大地。在太阳看来，准噶尔汗国故城的土块离戈壁只有一瞬，离绿洲也只有一瞬，它们的不同只有颜色的差异，内容没差异。正如历史无差异，只是朝代不同。

准噶尔汗国故城如此空寂，它位于和布克赛尔蒙古族自治县，太阳每天在它上方落下升起。当年的准噶尔汗国东起南西伯利亚，西至现今的哈萨克斯坦，拥有额尔齐斯河、鄂毕河、叶尼塞河这三条流向北冰洋的世界大河。这个西蒙古汗国的疆域内有茂密的森林、广阔的草原和沼泽地，占据北部亚洲的核心地带。现在森林还在，河流还在，风还在，国家各叫各的名，准噶尔汗国只遗留一些故城。这些故城正回归大自然怀抱，阳光给予它新的能量，小鸟衔来的一颗草籽可能会长成未来的森林的第一株苗。这么漫长的变化，性急的人没办法看到。

群星的呼喊

听虫鸣可以练听力。夏夜的合唱里，虫的种类会超过一百种，越是细辨，越觉出大自然的丰富无可比拟，虫世界比人世界还要热闹。

作为音乐术语，听力，指倾听人对音准和音高的辨别力。唱歌跑调的人不是声带出了问题，是听力有偏差。而更深入的听力，可以同时听到乐曲中不同乐器的演奏，比如听出铜管乐里面小号和长号的音色，听到小提琴和竖琴的声音。莫扎特的晚期作品，喜欢以长笛和竖琴对位演奏，小提琴齐奏上下迎接，与歌剧的咏叹调相仿。长笛是女高音，竖琴是次女高音，小提琴是合唱队。当所有的乐器共同演奏时，同一时间听出不同旋律的不同乐器的演奏，就有相当好的听力，自然也是好的享受。

以这种态度听取虫鸣，感到大自然的音乐更神秘、渺茫与出人意料。把虫鸣当乐曲听，相当于看赵无极的画。他的画乍看像骗子画的，但越看越见出精妙，没有五十年的苦功，当不了这样的骗子。他的画不具象，就像虫鸣没有旋律性。而他画里的一与多、线与面、构图（他好像用不上构图这个词，没构过）合乎星空一般的萧散自如，做是做不出来的，画也画不出来。赵无极的画接近于音乐，音乐里面实在是“没有什么”。假如这个“什么”是主题、是高潮、是究竟的话，好的音乐一律什么也没有。听巴赫和莫扎特的音乐，似乎连铺垫也没有。我常想说巴赫的音乐没开头，劈面就是剥开的橘子瓣的脉络。但巴赫每首乐曲的开头，不是开头又是什么呢？这么一问，又把我问住了。但这种开头不是起承转合的起，是太极拳一般、云朵般连绵得意的截面。高级的艺术品首尾相连，像匈奴人崇拜的头尾相连的团形豹。

虫鸣也没有开头，谁也不知道夜里是哪只小虫发出的第一声鸣唱。它们的鸣唱织体晶莹，比星星散落得更远，好像流星们相互呼喊。我觉得流星那么突然地栽到一个地方，一定会传来呼救声，只是声音要经过亿万光年才传到我们N辈孙子们的耳边。那我们为什么听不到亿万光年之前流星的尖叫呢？可能人的生命太短，连一声流星声还没听到就过去了。这样，刚好可以把虫鸣当作群星（含流星）的呼喊。

箕坐山野，闭上眼睛听虫的鸣唱，感觉虫鸣如电脉冲在示波仪里长短窜动，如同大地的心电图，又像草芽从土里钻出，还像一张大网把夜罩住，虫子从网里往外钻。睁开眼，四野空旷，平安无事。夜晚，天像玻璃碗一样空灵盈余，大地的绚烂全被黑暗收藏，唯一收不走的是这些晶莹的虫鸣。它们让大地铺满了钻石，天亮时跟露水一起消失。

穿上夜色出行

夜是树木华贵的礼服。夜的黑金丝绒遮去了杨树身上的疤节和斑痕，夜色把它从头包到脚。每一片树叶的正反面也遮盖了夜色，防止水分流失。杨树，还有椴树、槭树都穿着这样的睡衣进入梦乡。在梦里，它们模仿乌鸦在金黄的麦地里飞翔。无论怎么飞，睡衣都没被风刮走，还紧紧裹在身上。树叶虽然在风里哗哗响，但刮不走夜色。树叶的正反面同样黑，如同乌鸦背上的羽毛。

白桦树每到夜晚要犹豫一下，它问有没有白一些的夜色，或与它树皮颜色一样的睡衣？夜不回答任何问题，它默默包住桦树的树干和树枝。桦树看自己一点点黑下来，先是灰色，后来变成深灰色，跟其他树没什么颜色上的区别。它很怕别人管它叫黑桦树，虽然俄罗斯和呼伦贝尔有这种树，但不是它。白桦树要永远白下去，夜懂不懂这个？不懂当什么夜？夜没时间管这个，它甩一下大氅的左襟，包住一半山河，甩右襟包住另一半山河。万物在夜色里变得矮小，灌木本来矮小，夜里显得更矮，根本看不出是树，倒像草墩子。夜用大襟扇动，搅拌夜色，夜色越来越浓。黑过松树的树干，黑过渍酸菜的石头，黑过大酱，黑过黑莓，煤堆在夜色里失去了轮廓。夜的被褥在大地上铺好了边边角角，“世界是你们的，也是我们的”，归根结底，在夜里世界只属于夜。夜没用水也没有水就把夜灌满了大地和天空，没被夜色湮没的只有星星。

小甲虫披着夜色行走，不仅凉爽，而且隐蔽。甲虫早就厌倦了身上花哨的，带斑点的外壳。这样的外壳，除了轻浮，还有哪样好处呢？夜色多么深沉，它让甲虫像一只黑钻石。不睡的鸟儿也不敢吃一颗黑钻石，那会噎死它。甲虫觉得自己爬行如一颗钻石爬行，其他生物都会让路。它看到同样乌黑的甲虫爬动时，以为见到了梦游的自己。兔子在夜里跑得更快，它庆幸自己每天晚上可以换上一身黑兔的皮草，它比白皮草更光滑，跑起来阻力更小。在夜里，黑兔子无论打滚、拉屎或竖耳朵都不会暴露目标。黑兔子靠在松树边上站立，看上去就是松树的一部分。如果不伸手摸，谁也不知这里有一只兔子。黑夜毫不费力就把兔子变成一块石头、一个树桩或一只狐狸。在夜里，兔子跑起来跟狐狸没什么区别，都是一道黑影，除非狐狸用放屁证明自己是狐狸。大部分鸟儿有夜盲症，夜里不飞，怕撞到树上。我看到夜里也有鸟儿在飞，可能是治好夜盲症的鸟。它们飞起来像乌鸦，听得见翅膀拍打树枝，却见不到踪影。一次有鸟群从夜空飞过，星星和月亮显出了它们的轮廓。它们急促扇动翅膀，如躲藏，飞过的夜空有一些发白。

云在夜空上依然很白，夜色包不住云，云和星月一样，仍在夜里面。夜有夜的不足，虽然白桦树变黑，白兔变黑，但云彩仍然白着，仍然在天上飘。云并没因为黑夜的降落到大地上睡觉。白云变黑无须夜色帮忙，雨来之时，云变灰变蓝甚至变黑，但还没有黑牛那么黑，却比老榆树还要黑一些。白昼的雨云俗称乌云，它乌而低而翻滚。如果下的是雷阵雨，太阳一出来，它立刻变白，比通常的白云还白，如蚕丝一般。我的理解是：它把雨水泄尽就白了，但雨水并不黑呀？它身上的黑去了哪里？我在黑夜里没见过乌云。夜里下大雨时，看不清天上有云，也见不到雨，只听到雨声。清朗的夏夜，天上的白云比白天更悠闲。一般说，夜里白云不多，只有几朵值班的云，它们飘得也不快。月亮钻进云里好长时间才钻出来，证明月亮和云移动得都不快。夜里没什么事，太快没用。月亮边上的白云如一座岛屿，它的大小对月亮刚刚好。你可以想象那片云是月亮的温泉。

风穿上夜色出行。夜色是风最好的衣衫，比丝绸柔软，比风还轻。如果拿一立方米夜色和一立方米风在秤上称，还是夜色更轻。风觉得夜色是天生的翅膀，宽广而适于起伏。身穿夜色的风钻过树林竟无声音，也不担心被树杈刮破衣衫，因为前方的夜色会为风打好补丁。风想象自己的拖地大氅很长，扫过草地，收拢更多的夜色。风跃过山冈，纵身跳入河流，衣衫丝毫无损。在夜里，风摸到堆积在水面上的更多的夜色。水仍然是透明的，但夜色让水面看上去有一点儿凝固。水有皱纹但夜色无纹，因此河水看上去流淌缓慢。河流慢慢地把夜色推到岸边，让星星回到原来的位置。风把大氅盖在水面上，飞进山里。无论从哪个方向看，山里都藏着最多的夜色，如沉淀的古墨。

月亮从来就没穿过衣裳

月亮白天不出来，是因为它没有衣裳。它听说夜里人全都睡觉了，鸟也入睡，月亮方敢夜游，因为它没有衣裳。

喜欢望月的人不讲廉耻，如我，看月亮如何白白胖胖。我夜里不睡觉，只为看一看月亮。从窗棂看到的月、从回廊和柳梢头看到的月都差不多，都是月亮的这一面，或胖或瘦。它半个月减一次肥，再胖再瘦。水里的月亮比天上的月亮更真切，因为洗过。但钻进水里的月亮胆子小，即使微风，也要哆嗦。它怕有人不睡觉、偷窥。我懂月亮的担忧。为了夜跑，我买了一件反光背心。车灯照过来，背心的条纹射出强烈的反光。我在这条宽阔的蒲河大道上奔跑，虽有车辆驰过，看一眼反光背心心则安。一次，我奔跑中涌现尿感，挑选一个茂密的树丛背后解决。钻出来，我才想起不必去树后解手，反光背心告诉所有夜车的司机我正树后撒尿。月亮你太亮了，比我穿反光背心还亮，你怎能避免别人仰望呢？为护卫你的冰清玉洁，要么穿衣，要么调低亮度。你别相信人夜里睡觉这个传说，我在网上见到无数月亮一丝不挂的照片，替它捏一把汗。别人说月亮上没 WIFI，它不知道。

如果我是月亮，就不介意这件事。小孩子从下生就看到你光溜溜的月亮，不奇怪的。到他垂垂老矣，月亮依然如此，这不就是天体吗？不必躲躲闪闪，不必减肥，也不必天亮前就逃走。据我所知，所有的人都知道月亮没穿衣裳，只有月亮觉得自己在漆黑的花园里夜游。衣裳嘛，不是多么重要的事情，月亮不怕冷又不怕热，衣不衣都无所谓。人穿衣是怕热怕冷，主要怕自己的身体不好看。真正好看的东西都无衣，如鸡蛋、如钻石、对不对？地球上没人像月亮这么白净，这么圆润，月亮不年轻也不算老，裸就裸着吧。按说呢，月亮有自己的衣服，即云彩。但它的云衫不尽职守。为什么？它们不想当别人的衣裳，它们自己想再穿一件衣裳。李白诗云“云想衣裳花想容”，道破了天机。云彩在天下到处跑，正是想找衣裳披在身上，你怎么能拿云当衣裳呢？况且，月亮无论穿上多么雍容的云衣，风一来，衣裳全被吹跑了，白穿了，找都找不回来。京剧界有一句行话，曰“云遮月”。吾问何意？人答此谓老生的嗓子。这番问答外人听不懂，这里解释一下，唱老生的好嗓子不必太亮（没穿衣），略带一点儿沙哑叫云遮月，好听，如月亮半穿半露的样子。而我形容略哑的嗓子所用的词是“包浆”，也说这层意思。

月亮光着吧，洒给地球的光多，有用。走夜路的人用月亮裸体的光寻找田埂，蹚避地面的坑。青蛙借月光爬上莲叶，这是它歌唱的舞台。月光下的汉江分开秦岭和巴山，好多人分不开哪儿是哪儿。人看不清树林里的蛛网，但蜘蛛看得清。结网不算什么大事，月光这一点儿光足够了，蜘蛛借着光把网结得如老木的年轮，它在网上倒退进步；似凌空无凭的飞檐走壁。石臼里的水在夜里积满，白天有小鸟松鼠饮用。水滴从石缝里滴出来，第一滴水准确地砸中了月亮，第二滴水等待月亮复原，然后再砸下。水滴认为它锻造了月亮，如锻造金箔一样，使它又薄又圆，可以卷起来包一枚纽扣。月亮月亮。在夜海游泳，岸边堆满了它脱下的白云的衣裳，它以为天下没人见过月亮。

望月要到海边。这一面十里沙滩，那一面万顷海水，四外无遮无挡。月亮升起来，海水忙不迭把它的金光往岸上推送，企图埋在沙子里。这样的夜，海与夜空已浑然一体，只不过海在颠簸金光。无风无云的月亮在海面上航行，掉到海里也没关系。它不怕湿了衣裳，没衣裳。此夜月是君王，地上无山无林，没有河流与庄稼，只剩下反光的海水。白帆与海鸥全已停歇，让出天空和海面，由月亮独步。大海用动荡来迎接月亮，并没让月亮感动。海无须集体摇摆，划区域掀动波浪，鼓过掌的就不用再鼓了。月在海上穿行得很快，它听说海风里的化学物质具有腐蚀性，月亮也不例外。海边房子的门窗和墙都裂缝了，海风撕裂了它们。在海边呆时间太长，会沾染方言。月亮提醒自己，全世界海边的居民都不说官话，无论里昂、悉尼、纽约、上海、青岛都是如此。这些地方的人又侉又洋。

每天夜里，月亮在全世界裸行一周，用光填平地面的坑坑洼洼，给海浪贴金。害羞的星星躲了起来，只有大胆的星星出来观望。

买一亩大海

买一亩大海，就买到了一年四季日夜生长的庄稼。庄稼头上顶着白花，奔跑着、喧哗着往岸边跑，好像它们是我的孩子。对，它们是浪花，但对我来说，它们是我种的庄稼。

大海辽阔无际，而我有一亩就够了。其实我不懂一亩有多大，往东多远，往西又有多远。别人告诉我，一亩是六百六十六点七平方米。够了，太够了。六百多平方米表面积的大海，足够丰饶。买下这一小块大海，我就是一亩大海的君王。

在我的海域上，没人来建高楼，没人能抢走这些水，我的水和海水万顷相连而不可割断。再说他们抢走海水也没地方放。这里没有动迁，没车因而不堵车。如果我买下这一亩海，这片海在名义上就属于我，而这片海里的鱼、贝壳乃至小到看不清的微生物，更有权利说属于它、属于它们。是的，这一小片海在我爷爷的爷爷的爷爷的朋友的朋友的朋友活着的时候就属于它们——包括路过此地的鲸和蹒跚的海龟，以后也属于它们。我买下之后所能做的只是对着天空说：我在这儿买了一亩大海。阳光依然没有偏私地继续照耀我这一亩海和所有的海，日光的影子在海底的沙子上蠕动。

一亩大海是我最贵重的财产，我不知怎样描述它的珍奇。早上，海面的外皮像铺了一层红铁箔，却又动摇，海水好像融化了半个太阳。上午，如果没有风，我的海如一大块（六百六十六点七平方米）翡翠，缓缓地动荡，证明地球仍然在转动，没停歇。如果你愿意，可以闭眼憋气钻进翡翠里，但钻一米半就会浮上来，肺里也就这么多气体。这时候，适合于趴在一块旧门板上（买船太贵）随波逐流，六百多平方米，够了，太够了。在我的领海上，我不会用线、用桁什么的，更不会用铁丝网什么的划分这块海，被划分的海太难看了。一个人的私权意识表现在大海上，就有点儿像蚂蚁站在大象身上撒尿。海的好看就在一望无际。到了晚上，海上生明月，天涯共此时。这两句诗连这里的螃蟹都会背，不是人教的，是海教的。金黄的月亮升起来，黑黝黝的海面滚过白茫茫的一片羊群，没到岸边就没了，也许被鲨鱼吃掉了。在海边，你才知道月亮原本庄严，跟爱情没什么关系。在星球里，月亮唯一显出一些笑意，我是说海边的月亮。

我还没说一亩大海在下午的情形。下午，这亩海有时会起浪，包括惊涛骇浪。海不会因为我买下就不起狂风巨浪，海从来没当过谁的奴隶。海按海的意思生活才是海，虽然九级大浪卷起来如同拆碎一座帝国大厦，虽然海会咆哮，但它始终是海而没变成别的东西。

谁也说不清一片海，尽管它只有六百多平方米的表面积，说不清它的神奇、奥妙和壮大。何止早午晚，海在一年四季的每分每秒中呈现不重复的美和生机。买海的人站在海边看海，鸟儿飞去飞来，鱼儿游来游去。海假如可以买到的话，只不过买到了一个字，它的读音叫“海”。世上没有归属的事物，只有大海，它送走日月光阴，送走了所有买海和不买海的灵长类脊椎动物，他们的读音叫“人”。

城里的荒草

我常常留意城里的荒草，管这些草叫流浪草或自由草亦未尝不可。它们两三株、四五株或一株长在你想象不到的任何地方，如楼顶。草需要多少株长在一起，取决于它们脚下占有多少泥土。

荒草长在居民楼墙根，长在车库的檐下，长在街道红的、灰的地砖的缝隙里，长在雨搭上面。广场水泥板的凹槽，如果被风刮进一些土，又下一点儿雨的话，就有草，当然是荒草，也叫野草。步行商业街游人稠密，人把街踩得溜平，但踩不死荒草。草从座椅下面、垃圾箱边上长出来。威严如政府的院子里也有野草，这种地方，荒草进得来。政府院子里栽着花钱买来的体制内草，像穿塑料制服的学生。体制草的任务是排队，碧绿和身高一致。有人给它们浇水施肥但没自由。跟这些尤物比，荒草太寒碜了，虽然也绿，但色泽暗淡，且衣袖太长，像卖唱的艺人伸出手来。但荒草有本事待在它们喜欢待的一切地方，尽享逍遥。我从食堂六楼往北看，看到一个神秘的院子，楼顶立着白底红字的牌子，一牌一字，写着“政治可靠、严守纪律”等训令。院子里看不到人，楼顶长满了荒草，我替这些草高兴，没人打扰它们，就像替公安部院里的野猫高兴。该部到了午饭时分，特别在第一拨吃完饭的人走出饭堂后，野猫漫不经心地围拢来。这时，有人把从食堂带出的食物谦恭地放在猫前——鸡腿、牛肉或其他。野猫毫无感恩之心，低头嗅一嗅，吃或不吃，也不抬头看这些警察的官职。公安部院子大，草木茂密，还有一座受保护的王府，猫在此尽情飞蹿攀爬，打斗恋爱。也有人带猫粮放进树下的塑料碗里，野猫冬夏饿不着。

荒草比野猫幸福——这是我的看法。草不需要吃什么，自给自足。天下的生物，大凡需要张嘴吃什么就陷入被动，必用全身的力量去喂这张嘴。人或动物活得难，难就难在有嘴，因为嘴下面接着胃和肠子，是无底洞。谁不吃？不吃长牙干啥？荒草自给自足，不仰他人鼻息及一切事物鼻息。它的粮食来自阳光和一点点水。草用自己的衣服或者叫袖子就把饭做熟了。阳光普照万物，照在石头上，照在大楼上，地上有狗屎就照在狗屎上。阳光无偏私地照在大地每一寸地方，只有植物捧起阳光把它变成了饭，这个能耐是大能耐。上天让草活，给予它这一套能耐。随你践踏、随你轻蔑，荒草不以为然，它有能耐还比人禁活。而且——这一点我们永远也不会知道——它从阳光中合成的营养吃起来有多么甘美，如果不是，植物怎么会开出那么好看的花呢？人吃什么猪蹄子、鸭脖子，啥都吃而脸上屁花都开不出，吃花也开不了花。人跟草根本不在一个档次上。

荒草在大街转角、在废弃的工厂、在“政治可靠”的院子里、在无人认领的自行车中间、在广场和楼顶上迎接日出，它们眯眼看东方射出微弱的光，这些光难以置信地扩张泛滥，照红了广大天空。太阳又来了，它每一天都没爽约，给荒草带来了粮食和点心，带来驱寒的火炉。太阳实为全自动与多功能的供应站，此时荒草比谁都高兴。没见过哪个人因为太阳升起来而高兴，草天天为这事高兴。荒草散在各处，它们不孤单。脚下哪管只有一寸泥土，对草也是大地。荒草把脚伸进土里，掏出水来。土是贮水罐，存一次雨水够喝一个月。当一株荒草有什么不好吗？它不知什么叫作“不好”。它们看天空的月亮如剪纸，风没有眼睛，常在墙上撞昏过去。跟荒草一样自由的还有小鸟。

对啦，是风和小鸟把荒草带到了城里。风仁慈，它不愿让草在乡下待一辈子。草籽坐上了风的透明火车进城，相中哪儿就在哪儿落户。小鸟吃草籽，没消化的草籽随鸟粪遗留各地。鸟噙着草籽准备下咽时，会因为一件事突然起飞、突然鸣唱，把草籽遗落在一个不知名的地方，那里成了荒草的产床，它的家。

雨，晚上好

从蒙古高原回到沈阳，仰视楼房，人感觉行走在峡谷里，一条灯红酒绿的峡谷。灯与灯群弥漫遥远，人如隐身海底，坐观天上星星游行。在街上走，迎面于所有的灯的闪烁。夜之都市是一处由灯装饰的财富盆地，而楼房不过是一座座华表而已。

雨至，雨随天光消退而密集，在街灯全亮之后整体降临。这场雨气质沉静，在街灯的灯盏下不留身影，甚至看不到“丝”。路面一片片反光，巴掌大的水洼光影摇晃。

今天是正月初十，头一回遭逢正月的雨水，正式的、不疾不徐的春雨刷新了过年者的记忆。有人对“正”字误读，实为误解。正黄旗读“整”，旗帜完全满幅之态。正月读“郑”，不偏不倚，正阳之月。如同西历一月为首月，即元月。而“争月”，是京津一带的土音。

雨下正月，点滴都不偏斜，满地的草木比过节的人都高兴。人常说什么事多少年一遇，斯雨五十年一遇，1956 年沈阳的正月曾来过一回。

雨中没人放鞭炮。好雨早来，比商号开张值得庆贺。雨把富人区穷人区、楼房街道冲刷一遍，耐心之至。而万木仰面于雨，连喝带洗，回忆起春天的味道。雨落土里，八方争夺，泥泞是土跟土打了起来，谁都不松手，为野草挣一份口粮。

夜里看雨，如同白昼观风，无迹可寻。敞开窗，听一听雨的话语。雨本无言，遇到枯叶和铁皮屋顶才有问候商量。春雨是数不清的投胎者直奔大地而来，甫出三月，转骨化为初蕾青苗，经历天上人间。

次日晴好，天地一新。报纸上股评说："大盘在十多分钟的横盘后，再次跳水，成交量明显放大。不到二十分钟，纳斯达克指数跌落五十多点，至此，全天下跌已经超过一百点。"

超过一百点会怎样？雨不知其然，我也不知。青草在辽大主楼地角长出一线，叶子蓬张，像哄抢从天上扔下的好东西，也就是阳光吧。

露水的信

不要踏过露水

因为有过人夜哭……（阿垅《无题》）

这是七月诗派诗人阿垅写于 1944 年的诗。

白茫茫的露水，在秋季尤为苍凉。我在罕山脚下的月夜，见山坡的草尖挂一片露水，每一滴都流露决绝的苍白。大地如同哭过，为了草木凋零。我在落叶松的针叶上走，听不到自己的脚步声，心里想，露水究竟是什么呢？

我现在也不知道露水从哪儿来，好像每株草身上藏有一口井，汲水捧在手心。给谁喝呢？按说，这是送给小鸟和蚂蚱的饮品，但谁也没见过小鸟趴在草上喝水，蚂蚱、螳螂、蟋蟀们好像都不喝水。从生理学说，具备血液的哺乳动物才饮水，肠道吸收水分补充血液。蚂蚱有肠子吗？它们并没有血。人们惯常把含有血红细胞并在血管里运行的体液叫作血。血的第一个功能是运送氧气与排出二氧化碳，这是对有肺叶的生物而言，蚂蚱没这些东西。

人童年和老年泪水的比重都不同。泪水从儿童眼里涌出，化为一滴泪在脸蛋挂着，如露珠那样饱满。我冒昧揣想，儿童泪水的水分子结构或与成人不同，属于大分子，聚成团而不破，与露珠仿佛。而成人的泪，特别是老年人的泪流下来散在脸上，化了，见不到珠。人老了，连泪水都出水货了吗？散掉的泪是小分子结构，钠含量高，流得快。成年人流泪，只见他们用手抹，见不到泪水，说话鼻腔堵塞，鼻腔无共鸣，这是真哭。电视剧演员用眼药水假哭，一听声音就听出赝品哭。而儿童是另一番情景，号啕的同时倾诉，鼻腔照样共鸣。儿童厉害呀，他们大滴的泪水多么真挚。

露珠挂在草上好像挂不住，但还在挂着。草为能抱住这么一团水而昂然，它们昂然有理由。拿人来说，没有盆，没有碗，你能抱住一团赤裸裸的水吗？不能，人抱不住水。如果哪天见到露珠满身的人，估计他已得道成仙了，可写入《本草纲目》。

水在人的细胞内也是一颗颗露水，被细胞膜包着，钾和钠承担细胞壁的水平衡，不要瘪了，也不要涨破。从比重说，把人看成是水做的没说错，水占到人体百分之七十以上。人脸生皱纹是皮肤水代谢出了问题，皮薄了才生皱。然而多喝水并不能直接喝进皮肤里。人空腹饮水，三十秒进入肠道，多余的水全被排出。人类皮肤的水分靠脂肪（油性）来平衡，油性少了，水也少了。你看不到一个老年人对着镜子挤粉刺，他的皮肤与内心已经没有多余的脂肪与情感化为粉刺，油少了。年龄控制人的一切。

我的曾祖母曾说露水是月亮给太阳写的信，夜晚挂草上，太阳早晨收走。曾祖母努恩吉雅给我讲过许多稀奇古怪的事情，不知是她的创作还是民间传说。

月亮给太阳写了什么？我问曾祖母。

哎呀，信里面什么事情都有。曾祖母回答我。谁家丢了羊、猫干了哪些坏事、蛤蟆干了哪些坏事，月亮都要告诉太阳。

人能看懂露水的信吗？

她说：甘旗卡地方有一个说书的人专门看这些信。这个说书人叫龙台，他把露珠拿到嘴里尝一下，就知道信的内容。

他比太阳先知道信的内容？我问。

对的。曾祖母说，但他不是太阳，知道了也没用。龙台从露水里知道了许多药方，可以治好门牙中间的缝儿。

这是讥讽我。我两颗门牙中间有缝儿，这是我特意用一分钱硬币别开的。有了缝儿，含一口水从牙缝儿中可以滋出一米远，冲跑墙上爬的蚂蚁。听曾祖母这样说，我猜露水里有信是她的即兴创作，相声术语叫“现挂”。

再说阿垅，他本名陈守梅，杭州人，黄埔军校十期毕业生，曾做中共地下工作。1955 年受胡风案牵连下狱，1967 年病死狱中。《无题》结尾写道：“我们无罪，然后我们凋谢。”

根河的夜

蒙古族史诗《江格尔》里写道：江格尔是唐苏克·蚌巴可汗的孙子，乌琼·阿拉德尔可汗的儿子。江格尔在银白色的额尔敦山的南麓建了一座金宫殿，这个宫殿好高，“离白云只有三指宽的距离”。《江格尔》还说，在江格尔身边围绕着十二员虎将和八千个宝通（野猪）。这么多野猪围着江格尔做什么呢？说下去我们才知道，野猪是江格尔对手下勇士的命名。谁作战勇敢，江格尔就命名他为勇敢的宝通，并允许他住在金宫殿里。

在根河行走，我每每想起这句话——“离白云只有三指宽的距离”，这是从肚脐眼到下面关元穴的距离，跟一位身高一米六的亚洲女人的鼻长差不多。根河的云朵从养狐狸的砖房的屋脊后面升起，离屋顶的烟囱只有三指宽。云朵掉进葛根河的流水里，离山杨树的倒影只有三指宽。根河境内森林密布，白云好像从世界各地赶过来到这里定居，享受阴凉、鸟啼和干净的河水。从云彩的形状看，有的云正在山脚下卸行李，有的云在天空寻找降落的草地。云在根河的天空显得十分拥挤，而且没有空中管制。有些云互相冲撞却毫发无损并合并为同一朵云，像把一桶水泼进了河里一样。

到夜晚，事情发生了变化。我到根河时值七月，之前这里连下了好几天雨，大地上多出来好几千个水泡子，草原开满了小黄花和白色的野芍药花。在根河市住下来大约在晚上九点多，天空并没有人们所说的黑透。粗略说，大地已经笼罩在黑夜里，而天空依然澄明，与黝黑的土地分割清楚。如果你愿意把这一种天色称为深蓝也不算错，但找不到蓝色，只是不黑而已。夜里，天空的云朵明显少了，这证明我所说的云彩来自世界各地的判断很对，它们经过长途跋涉，需要歇着，找地方扎自带的帐篷睡觉去了。夜空剩下的孤零零的云彩只是一些梦游者或掉队的云。我看到，这些云竟然是黑色，它们有黑檀木那样沉着的黑色却不是乌云。所谓乌云是雨云，云层很低，连成片，移动迅捷。而这几朵黑云高悬天心，悠然不动。我明白了，这是根河独有的夜景。这里的天空不黑，白云缺少光的映射变成了黑云。

在这样的草原上夜行，见到远处弯曲的河流白亮如练，我几乎不敢相信自己的眼睛，以为那是白雪堆积在河道。上个月，也就是六月，我在新疆的喀纳斯漫游，看到野花盛开的草原的某一处山坳堆积白雪。这些雪好像与夏季无关，该化的雪在五月份已经化了。但在根河，闪着耀眼白光的河流只是河流，白光只是天光。此景让我非常留恋，黑黝黝的树林和草地里，弯弯的河流闪着白光，白光的尽头即天际分散着寥落的星星，仿佛是河流的尽头。

夜深了，我沿着公路往城里走。四外虫鸣，那一种晶莹的唧唧声，如同露珠在喊叫。露珠大概在和离自己“三指宽的距离”的另一颗露珠谈恋爱，它们的身子缩进圆圆的脸里，偎在草叶的掌根微笑。虫鸣如同黑暗的草地里藏着一万块瑞士手表，滴答滴答，咔嗒咔嗒，手表的齿轮在赛跑，看谁在天亮时跑到树尖上。城里也有一条河，当地人说这是从激流河引出的支渠。但我看它还是一条河，宽约七八十米，水不深，在鹅卵石的河床里哗哗流淌，水声传出几百米外。

再往前走，闻乐声。循声来到一个广场，见到篝火晚会。看了一会儿，得知这是鄂温克人敬火神的聚会。几根松木支成帐篷形，人们把浇柴油的劈柴塞进松木下的空隙里，火焰熊熊。质朴的鄂温克男女老少手拉手围着火堆起舞。他们先是一个大圈儿，后来变成里外两个圈儿。里圈人步伐急骤，外圈人的动作迟缓一些。好像所有的民族在开蒙初期都有围拢火堆舞蹈祭祀的习俗。火焰驱赶寒冷、黑暗与野兽，熟化食物。如果没有电和电脑电视机，北方的各族人民现在可能都在围拢火堆跳舞呢。人的脸膛被火光照亮，手拉着与被拉着的认识与不认识人的手向一个方向移动。音响传出的鼓声如同你的脚步声，这比上网有趣多了。鼻子闻到燃烧的松木味道，我抽空看一眼天上那朵黑云，但是天已黑透，像沥青的大锅把小黑云煮化了，整个天空被一个盖子扣严了。我们都跻身一个黑暗的罐子里，等明天的天空把盖子打开。

根河真是很小，我往回走的时候，又闻到了树林的气息。这是樟子松、落叶松、白桦林和山杨树混合在一起的味道，其中掺着土壤腐殖质与河流的气味。灯光明亮的街道上竟然传来了林区的气味，真是幸运。根河小镇是大兴安岭怀抱的小小的孩子，是藏在蓊郁的大森林里的几条街道而已。

曙　　色

曙色是未放叶的杨树皮的颜色，白里含着青。冻土化了，水分慢慢爬上树枝，但春天还没有到来，还要等两个节气。

日落时，西天兴高采烈，特朗斯特罗姆说像“狐狸点燃了天边的荒草”。日之将出，天际却如此空寂，比出牧的羊圈还冷清。

天空微明之际，仿佛跟日出无关，只是夜色淡了。大地、树林和山峦都没醒来，微弱的曦光在天空蹑手蹑脚地打一点儿底色，不妨碍星星明亮，也不碍山峦包裹在浓黑的毯子里。这时候，曙色只是比蚌壳还暗淡的一些白的底色，天还称不起亮。杨树和白桦树最早接收了这些光，它们的树干比夜里白净，也像是第一批醒来的植物。在似有若无的微明里，约略看得到河流的水纹。河流在夜里也在流动，而且不会流错方向。河水在不知不觉中白了起来，虽然岸边的草丛仍然黑黝黝的。这时，河水还映照不出云彩，天空看不到有云彩游荡，就像看不清洒在白布上的牛奶的流淌。星星遗憾地黯淡下来，仿佛退离，又像躺在山峦的背后。露珠开始眨眼，风的扫帚经过草叶时，露珠眨一眨眼睛，落入黑暗的土壤里。鸟儿在树林里飞蹿，摇动的树枝露出轮廓，但大树还笼罩在未化的夜色中。鸟儿在天空飞不出影子，它们洒下透明的啁啾。受到鸟的吵闹，曙色亮了一大块，似乎猛地抬起了身子。

我没听到过关于天亮的计量术语，它不能叫度，不叫勒克司（lx）与流明（lumen）。大地仍然幽暗之际，天空已出现明确的白，是刚刚洗过脸那种干净的白，是一天还没有初度的白。它在万物背后竖起了确切的白背景，山峰与天空分割开来。天的刀子在山峰上割出了锯齿形状。天光让树丛变成直立的树，圆圆的树冠缀满叶子，如散乱的首饰。河水开始运送云朵，这像是河上的帆。最后退场的星星如礼花陨灭于空中，它陨灭的地方出现了整齐的地平线。

这时候，如果谁说“天亮了”，他并没有说谎。人可以看清自己的白手。夜半解手时，人看不见自己的手，只能摸索着解开裤子。

我在贝加尔湖左岸跑步，天的白光渐渐从树林里升到空中。湖水是庞大的黑，如挤满海豹的脊背，而天色的白是怯生生的，似蒙了一层轻纱。好像说天亮还是不亮是定不下来的事情。天未亮，但树林慢慢亮了，高大的松树露出它们粗壮的枝丫，如同强壮的胳膊。树从一团团剪影似的黑影里流露苍绿。转眼看，湖水变白，比天空还要白一些，类似于鱼肚白，好像刚才那些海豹翻过身晾肚子。站住脚看，这地方真是简洁，只有湖水和天空两样东西。而且，湖水比天空面积大的多。以人的身高看贝加尔湖，肯定是湖大天小，这跟神在天上俯瞰不相同。

在山野观曙色是另外一样。我曾在太行山顶上住过一宿。那里天黑得早，亮得晚。我有早起习惯，出门刚走几步，被一个东西拉住衣袖。我用左手慢慢摸过去，原来是枣树的枝条，它隐藏在浓密的夜色里。抬眼看，看不见早已看惯的天，好像天被山峰挡住了。而我头一天入睡前，特意看了看，天分明还在那儿，还有星星，尽管不多，但此时竟一点儿天光都没有。我退回屋里，看表，天应该亮了。五点了，这个村的天却迟迟不亮。我甚至想——是不是这里的天不亮了？这么一想挺害怕，那就下不了山了。过了十五分钟，窗外有白影。我出门，看到地上起白雾，天还没亮（其实亮了，不然哪有照见白雾的光？），往前走，又有树枝扯住右边衣袖，仍然是看不清树。此时，我明白一个浅显的小道理。平原上的光由地平线漫射而来，它从四周冲过来包围大地。这里四外都是山峰，光悭吝。再走，我看到脚下的青石板，踩上走。雾越发浓，比舞台的干冰效果还浓烈。雾里如有狗有狼咬住你的腿，那是一点儿办法也没有。这么想着，我左腿肚子抽筋了，觉得亮牙的狗正在雾里瞄准我的腿肚子。雾大，看不到头顶的高山，当然也看不到所谓曙色。其实曙色已经藏在雾里，是一团团棉纱。说话间，山谷传来松涛的呼喊，雨滴如洪水那样斜着打过来，湿了左边衣裤，右边还是干的。一瞬间，雾跑了。雨或者风过来赶走雾。可爱的天空在头顶出现，白得如煮熟的蛋壳，山峰骄傲地站在昨天的地方。最陡峭的地方树木孤独，大团的雾从它们身边沉落在山谷里。这时候，天空飘来了彩霞。它们细长成绺，身上藏着四五种颜色，以红黄色调为主。如果你愿意，把这些彩霞看成是金鱼也可以。太阳正藏在东方峰峦后面，把强烈的彩光打到云彩上，之后打在山峰上，一片金红。